수상한
진흙

Fuzzy
Mud

루이스 새커
장편소설

김영선 옮김

수상한 진흙
Fuzzy Mud

창비

나의 별난 성격과 기이한 버릇을

불평 없이 모두 받아 준

칼라에게

1

11월 2일 화요일
오전 11:55

펜실베이니아 주 히스클리프에 있는 우드리지 사립 학교는 한때 윌리엄 히스의 집이었다. 히스클리프라는 지명도 그의 이름에서 유래했다. 윌리엄 히스는 1891년부터 1917년까지 부인하고 세 딸과 함께 검은색과 갈색 석조로 된 4층짜리 건물에 살았다. 이제 이 건물을 사용하는 학교에 300명에 가까운 학생들이 다니고 있었다.

4층에 있는 타마야 딜워디의 5학년 교실은 원래 막내딸의 침실이었다. 유치원이 있는 곳은 예전에 마구간이었다.

구내식당은 한때 우아하게 차려입은 남녀가 쌍쌍이 샴페인을 홀짝거리고 오케스트라의 연주에 맞춰 춤을 추던 대연회장이었다. 천장에는 아직도 수정 상들리에가 달려 있었지만, 요즘에는 방에 완전히 배어 버린 마카로니 치즈 냄새가 진동했다. 다섯 살에서 열네 살까지의 아이들 289명이 치토스를 우걱우걱 먹고, 코딱지 이야기나 조잘대고, 우유를 쏟고, 별 이유도 없이 소리를 질러 댔다.

타마야는 소리를 지르지는 않았지만 손으로 입을 가리면서 무척 조용하게 헉하고 놀랐다.

한 남학생이 말하고 있었다.

"그 남자는 수염이 엄청 길어. 수염이 피범벅이고."

다른 남학생이 거들었다.

"그리고 이가 하나도 없어."

이들은 고학년 남학생들이었다. 타마야는 그들과 이야기를 나누는 것이 설렜지만, 여태까지는 너무 긴장한 탓에 사실 아무 말도 못 하고 있었다. 타마야는 기다란 탁자 중간에 앉아서 친구인 모니카와 호프 그리고 서머와 함께 점심을 먹는 참이었다. 남자 상급생 중 한 명의 다리가 타마야의 다리에서 10센티쯤밖에 떨어져 있지 않았다.

처음 이야기를 꺼낸 남학생이 말했다.

"그 사람은 음식도 못 씹어 먹어. 그래서 키우는 개들이 대신 씹어 줘. 개들이 씹어서 뱉으면, 그걸 먹지."

"윽, 역겨워!"

모니카가 소리쳤다. 하지만 타마야는 모니카가 그 말을 할 때 눈이 반짝이는 모습을 보고는 자신의 단짝 친구도 자기처럼 설레는 마음으로 고학년 남학생들의 눈길을 끌고 싶어 한다는 것을 눈치챘다.

남자아이들은 여자아이들에게 숲 속에 살고 있는 미치광이 은둔자에 대해 말하고 있었다. 타마야는 그 이야기를 반도 믿지 않았다. 남자아이들은 허풍 떨기를 좋아한다는 것을 잘 알고 있었기 때문이다. 그럼에도 불구하고 자신이 그 이야기에 푹 빠지는 것이 재미있었다.

타마야 옆에 앉은 남학생이 말했다.

"그런데 사실은 개가 아니라는 거지. 녀석들은 늑대라고 봐야 돼! 거대한 송곳니와 번뜩이는 빨간 눈을 가진 크고 까만 녀석들이야."

타마야는 몸을 부르르 떨었다.

우드리지 사립 학교는 몇 킬로미터나 펼쳐져 있는 숲과 바위산에 둘러싸여 있었다. 타마야는 매일 아침 마셜 월시와 함께 학교까지 걸어왔다. 마셜 월시는 7학년(우리나라 중학교 1학년에 해당하며, 우드리지 사립 학교는 초등과 중등 과정이 통합된 학교이다 — 옮긴이) 남학생인데, 타마야의 집에서 가로수가 늘어선 큰길 맞은편 두 집 건너에 살았다. 학교까지는 거의 3킬로미터 거리였는데, 숲을 빙 돌아가지만 않는다면 그 거리는 훨씬 더 짧았을 것이다.

서머가 물었다.

"그래서 그 사람은 뭘 먹어요?"

타마야 옆에 있는 남학생이 어깨를 으쓱하며 대답했다.

"늑대들이 가져다주는 것 아무거나. 다람쥐, 들쥐, 사람. 뭐든 안 가려. 먹을 수 있는 건 뭐든지 다 먹어!"

남자아이는 참치 샌드위치를 크게 한 입 먹고는 이가 하나도 없는 것처럼 입술을 움죽거려 은둔자 흉내를 냈다. 그리고 입을 과장되게 벌렸다 닫았다 하면서 반쯤 씹은 음식을 타마야에게 보여 주었다.

타마야 맞은편에 앉은 서머가 소리쳤다.

"윽, 지저분해!"

남자아이들은 모두 깔깔 웃었다.

머리카락이 담황색이고 눈이 하늘색인 서머는 타마야의 친구 가운데 가장 예뻤다. 타마야는 남학생들이 자신과 친구들에게 얘기를 거는 첫 번째 이유도 서머 때문일 것이라고 짐작했다. 남자아이들은 서머 가까이에만 오면 늘 바보처럼 굴었다.

타마야는 눈이 까맣고 목 중간까지 내려오는 머리도 까맸다. 전에는 머리가 훨씬 더 길었지만, 개학하기 사흘 전에 아빠와 함께 필라델피아에 있었을 때 머리를 자르기로 결단을 내렸다. 아빠는 금전적으로 꽤나 부담이 될 법한 고급 미장원으로 타마야를 데려갔다. 머리를 자르자마자 타마야의 마음 가득 후회가 밀려왔다. 하지만 히스클리프로 돌아왔을 때 친구들은 하나같이 타마야가 무척 성숙하고 세련되어 보인다고 했다.

타마야의 부모님은 이혼했다. 타마야는 여름 방학 대부분을 아빠와 함께 보냈고, 학기 중에도 한 달에 한 번씩은 주말에 아빠 집에 갔다. 필라델피아는 주의 반대편 끝에 있고 히스클리프와는 450킬로미터쯤 떨어졌다. 히스클리프의 집으로 돌아올 때마다, 타마야는 이곳에 없는 동안 중요한 무엇인가를 놓쳤다는 느낌이 들었다. 놓친 것이라고 해 봤자 아마도 친구들끼리 깔깔거리며 나눈 농담에 불과했겠지만, 타마야는 조금 소외된 기분이 들었고, 친구들 틈에서 평소 리듬을 되찾는 데 시간이 좀 걸렸다.

짧게 자른 까만 머리에 얼굴이 각지고 거칠어 보이는 남자아이가 말했다.

"그 미치광이가 나를 잡아먹으려고 이만큼 가까이 왔다니까. 늑대 한 마리가 내 다리를 덥석 물려는 순간 나는 담장을 타고 넘어갔어."

남자아이는 기다란 의자 위로 올라서서 그 증거로 바짓가랑이를 여자아이들에게 보여 주었다. 바지에는 흙이 잔뜩 묻어 있었고, 운동화 바로 위쪽에 작은 구멍이 보였다. 하지만 구멍이 생길 수 있는 이유는 많았다. 더구나 타마야가 생각하기에, 만약 늑대를 피해 도망쳤다면 구멍이 바지 앞쪽이 아니라 뒤쪽에 났어야 했다.

남자아이가 타마야를 내려다보았다. 남자아이의 눈은 파랗고 강철 같은 느낌이었다. 타마야는 남자아이가 자기 마음을 읽고 있으며 자기한테 하고 싶은 말이 있으면 해 보라고 말하고 있는 듯한 느낌을 받았다.

타마야는 침을 꿀꺽 삼키고는 말했다.

"숲 속에 들어가는 것은 금지되어 있잖아요."

남자아이가 웃었고, 다른 남자아이들도 웃었다.

남자아이가 시비조로 말했다.

"그래서 뭐 어쩔 건데? 색스턴 교장 선생님한테 이를래?"

타마야는 얼굴이 빨개지는 것을 느꼈다.

"아니요."

호프가 말했다.

"걔 말 신경 쓰지 마요. 타마야는 도덕책 같은 모범생이니까. '범생이'."

호프의 말은 꽤나 따끔했다. 바로 몇 초 전만 해도 타마야는 남자아이들과 얘기를 나누면서 상쾌한 기분을 느꼈다. 그런데 이제 모두 타마야를 별종 보듯이 바라보고 있었다.

타마야는 분위기를 바꾸려고 농담을 시도했다.

"난 도덕책은 안 가지고 다녀도 되겠네."

아무도 웃지 않았다.

모니카가 말했다.

"넌 좀 심하게 범생이야."

타마야는 입술을 깨물었다. 자기가 한 말이 뭐가 그리 잘못된 것인지 이해가 되지 않았다. 따지고 보면 모니카와 서머도 방금 전에 남자아이들을 보고 **역겹**다고 하고 **지저분하다**고 하지 않았던가. 그런데 갑자기 그런 것이 아무 문제가 아닌 게 되어 버렸다. 오히려, 남자아이들은 여자아이들이 자신들을 역겹고 지저분하게 생각하는 것을 자랑스러워하는 듯했다.

타마야는 의아했다.

'세상의 규칙이 언제 바뀌었지? 언제부터 나쁜 것이 좋은 것이 되어 버렸지?'

식당 안 맞은편, 웃고 떠드는 수많은 아이들 틈에 마셜 윌시가 앉아 있었다. 마셜의 한쪽에 한 무리가, 반대쪽에 또 한 무리가 앉아 있었다. 두 무리 사이에서 마셜은 혼자 조용히 점심을 먹고 있었다.

2

선레이 농장

우드리지 사립 학교에서 북서쪽으로 약 53킬로미터 떨어진 외딴 계곡에 선레이 농장이 있었다. 하지만 누군가 그곳을 보았다 해도 농장이라는 사실은 알지 못했을 것이다. 동물도, 푸른 풀밭도, 작물 — 적어도 맨눈으로 볼 수 있을 정도로 크게 자란 작물 — 도 없었기 때문이다.

그 대신에 볼 수 있는 것은 — 만약 무장한 경비병들과 위에 가시철사를 두른 전기 담장 그리고 경보기와 보안 카메라들을 통과할 수 있다면 — 줄지어 있는 거대한 저장 탱크들이었다. 또한 저장 탱크들과 지하에 있는 중앙 실험실을 연결하는 터널과 파이프들의 연결망도 볼 수 없었을 것이다.

히스클리프에서 선레이 농장에 대해 아는 사람은 거의 없었으며, 타마야와 친구들은 확실히 알지 못했다. 그곳에 대해 이야기를 들은 사람들도 거기에서 어떤 일이 벌어지고 있는지까지는 확실히 알지 못했다. 바이올렌에 대해 들어 보았을 수도 있었지만, 아마도 그것이 정확히 무엇인지는 알지 못했을 것이다.

일 년여 전, 그러니까 타마야 딜워디가 머리를 자르고 5학년이 되기 일 년 전쯤에 미국 상원 에너지환경위원회는 선레이 농장 그리고 바이올렌과 관련하여 일련의 비공개 청문회를 열었다.

다음 증언은 그 당시 기록에서 발췌한 것이다.

라이트 상원 의원　당신은 해고되기 전 2년 동안 선레이 농장에서 일했습니다. 맞지요?

마크 험바드 박사　아니요, 그렇지 않습니다. 저는 해고를 당한 적이 없습니다.

라이트 상원 의원　미안합니다. 제가 들은 바로는……

마크 험바드 박사　음, 저를 해고하려고 시도했을지도 모르죠. 하지만 그 전에 제가 관두었습니다. 아직 아무한테도 말하진 않았지만.

라이트 상원 의원　알겠습니다.

푸트 상원 의원　하지만 당신은 이제 그곳에서 일하고 있지 않지요?

마크 험바드 박사　저는 피치와 한 방에 단 1분도 함께 있고 싶지 않아요! 그 사람은 미쳤습니다. 그리고 제가 미쳤다고 말하면, 그건 100퍼센트 제정신이 아니라는 뜻입니다.

라이트 상원 의원　바이올렌을 개발한 조너선 피츠먼을 말하는 겁니까?

마크 험바드 박사　모두들 그 사람이 천재라고 생각하지만, 그 일을 누가 다 했지요? 접니다. 바로 저라고요! 아니, 제가 다 했을 겁니다. 그 사람이 그렇게 하도록 내버려 두기만 했다면요. 그는 혼자 뭐라 뭐라 중얼거리고 두 팔을 마구 휘저으며 연구실 주위를 서성거렸습니다. 우리가 정신을 집중하기가 불가능했죠. 그는 노래도 불렀어요! 그리고 누가 그만하라고 부탁하면, 그 사람을 미쳤다는 듯이 쳐다봤지요! 심지어 자기가 노래를 부르고 있다는 것조차 몰랐습니다. 그러다 느닷없이 자기 옆통수를 탁 치고는 '아니야, 아니야, 아니야!'라고 소리쳤습니다. 그러면 저는 갑자기 연구 중이던 모든 것을 중단하고 완전히 처음부터 새로 시작해야 했습니다.

라이트 상원 의원　그래요. 피츠먼 씨가 조금…… 기이하다는 얘기는 우리도 들었습니다.

푸트 상원 의원　그것이 바로 우리가 바이올렌에 대해 걱정하는 한 가지 이유이기도 합니다. 바이올렌이 정말로 휘발유를 대체할 수 있다고 생각합니까?

라이트 상원 의원　이 나라에는 청정에너지가 필요합니다. 그런데 과연 바이올렌이 안전한가요?

마크 험바드 박사　청정에너지요? 그들이 그렇게 부르나 보죠? 바이올렌하고 청정은 아무 상관이 없습니다. 그것은 자연을 파괴하는 행위입니다! 선레이 농장에서 무엇을 하고 있는지 알고 싶으신가요? 정말로 알고 싶으신가요? 제가 잘 알고 있습니다. 잘 알다마다요!

푸트 상원 의원 네, 우리는 알고 싶습니다. 그래서 당신이 이 위원회에 소환된 거지요, 험바드 씨.

마크 험바드 박사 박사입니다.

라이트 상원 의원 뭐라고요?

마크 험바드 박사 '험바드 씨'가 아니라 '험바드 박사'라고요. 저는 미생물학에서 박사 학위를 받았습니다.

라이트 상원 의원 죄송합니다. 험바드 박사, 선레이 농장에서 무엇을 하고 있는지, 당신이 그토록 혐오하는 일이 어떤 것인지 말해 주시겠습니까?

마크 험바드 박사 그들은 전에 없던 새로운 형태의 생명체를 창조했습니다.

라이트 상원 의원 일종의 고에너지 박테리아죠? 저는 그렇게 이해하고 있는데요. 연료로 사용하기 위한 박테리아.

마크 험바드 박사 박테리아가 아닙니다. 점균이죠. 사람들은 늘 그 둘을 혼동하지요. 둘 다 현미경으로 봐야 할 정도로 작지만, 사실 서로 굉장히 다릅니다. 우리는 단순한 점균으로 시작했지만, 피치가 디엔에이(DNA)를 바꿔 새로운 것을 만들어 냈습니다. 지구에 완전히 부자연스러운 단세포 생명체를요. 선레이 농장은 현재 이 인공 미생물, 이 작은 프랑켄슈타인을 배양하고 있지요. 자동차 엔진 속에 넣어 산 채로 태워 죽이려고요.

푸트 상원 의원 산 채로 태워 죽여요? 그건 좀 과한 표현이라고 생각하지 않나요, 험바드 박사? 우리는 미생물에 대해 이야기하고 있어요. 따지고 보면, 제가 손을 씻거나 이를 닦을 때에도 박테리아 몇만 마리를 죽이잖아요.

마크 험바드 박사　단지 작다고 해서 그들의 생명이 가치가 없다는 뜻은 아니죠. 선레이 농장은 단 하나의 목적을 위해, 즉 파괴하기 위해 생명을 만들어 내고 있습니다.

라이트 상원 의원　하지만 그건 여느 농부들도 다 하는 일 아닙니까?

3

11월 2일 화요일
오후 2:55

학교가 끝난 뒤, 타마야는 자전거 보관대에서 마셜을 기다렸다. 자전거 보관대는 텅 비어 있었다. 우드리지 학생 대부분이 자전거를 타고 다니기에 집이 너무 멀었다. 그리고 이 학교에는 스쿨버스가 없었다. 승용차들이 '우드리지 길'로 들어서는 원형 진입로에서 리치먼드 거리 쪽을 향해 한 줄로 길게 늘어서 있었다.

타마야는 다른 아이들이 차를 타고 떠나는 모습을 지켜보면서, 자신도 누가 태우러 오면 좋겠다고 생각했다. 벌써부터 집으로 가는 먼 길이 두려웠다. 책이 가득 든 배낭을 메고 가면 그 길이 더욱더 멀게 느껴지곤 했다.

타마야는 식당에서 있었던 일을 떠올릴 때마다 여전히 창피해 얼굴이 화끈거렸다. 호프가 한 말에 화가 났고 모니카한테는 더욱 더 화가 났다. 모니카는 단짝 친구이니 타마야를 편들어 주어야 마땅했다.

'그래, 내가 착한 모범생이라고? 그래서 뭐? 그게 뭐가 문제인데?'

착한 모범생이 되는 것은 우드리지 사립 학교에서 강조하는 것이기도 했다. 학생들은 모두 교복을 입었다. 남학생은 카키색 바지와 파란색 스웨터를, 여학생은 격자무늬 치마와 밤색 스웨터를 입었다. 스웨터에는 학교 이름이 있고 그 바로 아래에 '선행과 용기'라는 글귀가 수놓여 있었다.

우드리지 학생들은 역사와 수학 같은 과목들 말고도 **도덕적인** 사람이 되는 길에 대해 배웠다. 이 학교는 착한 사람이 되라고 가르치는 것을 당연하게 여겼다. 타마야는 2학년 때 열 가지 덕목을 외워야 했다. 관용, 청결, 용기, 공감, 품위, 겸손, 정직, 인내, 신중, 절제. 이번 학년에서는 열 가지 덕목의 비슷한 말과 반대말에 대해 배우고 있었다.

하지만 어떤 사람이 실제로 착해지려고 노력하면 다른 사람들은 그를 별종이라도 되는 듯이 대한다고 생각하니 타마야는 씁쓸했다.

마셜이 학교 건물에서 나왔다. 머리는 마구 헝클어지고 축 늘어진 스웨터는 삐딱하게 걸쳐 입은 것 같은 모양새였다.

타마야는 손을 흔들지 않았다. 마셜이 타마야 쪽으로 오더니 눈길 한번 제대로 주지 않고 그냥 지나쳐 터벅터벅 걸어갔다.

마셜이 정한 규칙이 하나 있었다. 마셜과 타마야가 학교 근처에서 친한 척하지 않아야 한다는 것이었다. 둘은 그냥 어쩔 수 없이 함께 학교까지 걸어 다니는 사이일 뿐이었다. 더군다나 절대로 사귀는 사이도 아니었으며, 마셜은 누구도 그렇게 생각하기를 바라지 않았다.

그런데 타마야가 깜짝 놀랄 일이 벌어졌다. 마셜이 평소에 다니는 길로 가지 않았기 때문이다. 보통 때는 우드리지 길로 가다가 오른쪽으로 꺾어 리치먼드 거리로 갔다. 그런데 지금 마셜은 학교 건물 옆으로 향하고 있었다.

타마야는 배낭을 고쳐 메고는 마셜을 뒤쫓아 갔다.

"어디 가?"

"집에."

마셜은 타마야가 아주 바보 같은 질문을 했다는 듯이 대꾸했다.

"하지만……."

마셜이 톡 쏘아붙였다.

"지름길로 가고 있어."

말이 안 되는 소리였다. 지난 삼 년 동안 하루도 빼놓지 않고 둘은 같은 길로 다녔다. 그런데 어떻게 느닷없이 지름길을 알아냈단 말인가?

마셜은 학교 건물 옆을 돌아 뒤쪽으로 향했다. 마셜은 타마야보다 키가 큰 데다 빠른 걸음으로 걷고 있었다. 타마야는 뒤처지지 않으려고 애를 썼다.

"어떻게 갑자기 지름길을 알게 됐는데?"

마셜이 걸음을 멈추고는 타마야에게 고개를 돌렸다.

"갑자기 알게 된 게 아니야. 예전부터 알고 있었어."

이것 역시 말이 안 되는 소리였다.

"먼 길로 가고 싶으면 그렇게 해. 나하고 같이 가라고 하는 사람은 아무도 없으니까."

이것은 사실 맞는 말이 아니었으며, 마셜도 그것을 알고 있었다. 타마야의 엄마는 타마야에게 절대로 혼자 집까지 걸어오지 말라고 했으니 말이다.

"지금 같이 가고 있잖아. 안 그래?"

"흠, 그럼 갓난아기처럼 굴지 좀 마."

타마야는 아스팔트가 깔린 길을 건너 축구장으로 향하는 마셜을 따라붙었다.

'나는 지름길을 어떻게 알게 됐느냐고 물었을 뿐인데 그게 어떻게 '갓난아기처럼 구는' 것이 되지?'

마셜은 자꾸 뒤를 힐끔거렸다. 마셜이 그럴 때마다 타마야도 본능적으로 뒤를 돌아보았지만 아무도, 아무것도 보이지 않았다.

타마야는 지금도 우드리지에서의 첫날을 기억하고 있었다. 그

때 타마야는 2학년이었고, 마셜은 4학년이었다. 마셜은 타마야가 교실 찾는 것을 도와주었고, 여자 화장실이 있는 곳을 직접 손으로 가리켜 주었으며, 여자 교장 선생님인 색스턴 선생님에게 타마야를 소개해 주기도 했다. 새 학교가 크고 두렵기만 한 타마야에게 마셜은 안내자이자 보호자였다.

타마야는 2학년, 3학년, 4학년 내내 마셜을 몰래 짝사랑했다. 아직도 마음속에 그런 감정이 남아 있는 것 같기도 했지만, 마셜이 요즘 워낙 한심하게 행동한 탓에 타마야 스스로도 아직까지 마셜을 좋아하는지 알쏭했다.

축구장 너머에는 울퉁불퉁한 내리막이 있었고, 그 끝에 운동장과 숲을 나누는 철조망이 있었다. 철조망으로 다가갈수록 타마야의 심장이 빠르게 뛰었다. 공기는 차고 축축했지만, 타마야는 목이 바짝바짝 타고 꽉 조이는 것 같았다.

고작 이삼 주 전만 해도 숲은 환한 가을빛으로 반짝였다. 4층 교실에서 내다보면, 창밖은 온통 빨강, 주황, 노랑으로 울긋불긋했다. 한동안 빛깔이 어찌나 환하던지 마치 산비탈에 불이라도 난 것처럼 보였다. 이제 색은 모두 바랬고, 나무들은 어둡고 음울해 보였다.

타마야는 마셜처럼 용감하면 참 좋을 텐데, 하고 생각했다. 타마야가 무서워하는 것은 숲—그리고 그 속에 도사리고 있을 수도 있는 것들—이 아니었다. 그보다는 혼날까 봐 두려워 죽을 지경이었다. 선생님이 소리 지르는 모습을 생각만 해도 가슴 가득 두려움이 밀려왔다.

타마야는 다른 아이들이 늘 규칙을 어긴다는 사실을 알았다. 그렇다고 그 아이들에게 딱히 나쁜 일이 일어나지 않는다는 사실도 알았다. 같은 반 아이들은 나쁜 일을 저지르곤 했지만 그때마다 필버트 선생님은 다시는 그러지 말라고 했고, 그러면 아이들은 바로 다음 날 같은 짓을 저질렀다. 하지만 지금까지 혼나는 일은 없었다.

그럼에도 불구하고 타마야는 만약 숲 속으로 들어가면, 뭔가 끔찍한 일이 일어나리라는 것을 알았다. 그 일을 색스턴 교장 선생님도 알게 될 테고, 자신은 퇴학을 당할지도 모른다고 생각했다.

울퉁불퉁한 땅바닥과 철조망 사이에 사람 하나가 기어 나갈 수 있을 정도로 큰 틈새가 나 있었다. 타마야는 마셜이 배낭을 벗어 틈새 아래로 밀어 넣는 모습을 지켜보았다.

타마야도 배낭을 벗었다. 필버트 선생님이 용기란 용감한 척하는 것일 뿐이라고 말한 적이 있었다.

"만약 겁이 나지 않는다면 용기를 낼 필요도 없잖아? 그렇지?"

타마야는 용감한 척하면서 배낭을 틈새로 밀어 넣었다. 이제 되돌아가기에는 너무 늦었다.

'이래도 내가 범생이라고?'

타마야는 스웨터가 걸리지 않도록 조심하면서 철조망 아래로 꼼지락꼼지락 기어갔다.

4

마셜 월시

마셜 월시는 타마야가 생각하는 만큼 용감하지 않았다.

예전에는 마셜에게 친구가 많았다. 마셜은 학교를 좋아했다. 6학년 때에는 밴드부 활동도 했다. 음악을 가르치는 로언 선생님은 성적표에 마셜이 부족한 재능을 열정으로 메우고 있다고 썼다.

'마셜은 튜바를 열정으로 연주한다.'

이제 마셜은 어떤 것에도 열정을 보이지 않았다. 하루하루가 그저 불행과 굴욕의 연속이었다. 이 모든 일은 같은 반에 전학 온 아이, 채드 힐리거스 때문에 시작되었다.

학생들은 두 가지 이유 중 하나 때문에 우드리지 사립 학교를 다녔다. 아주 똑똑하거나 아주 부자거나. 타마야는 똑똑한 쪽에 속했다. 마셜은 중간 부류였다. 마셜의 부모님은 부자는 아니었지만 둘 다 좋은 직장을 다녔고, 교육이 지극히 중요하다고 생각했다. 그래서 가족 여행이나 외식 같은 다른 씀씀이를 줄였다.

채드 힐리거스가 우드리지에 온 이유는 완전히 달랐다. 채드는 지난 이 년 동안 세 학교에서 쫓겨났다. 채드를 담당했던 사회 복지사는 이 아이가 더 긍정적인 환경에 놓이고 교복을 입게 되면 싸움질을 관두고 성실하고 의욕적인 학생이 될 것이라고 믿었다. 만약 부모님이 우드리지 사립 학교에 들어가는 돈을 대 주지 않았다면, 채드 힐리거스는 소년원에 있는 학교로 갔을 것이다.

채드는 다른 아이들과 함께 9월부터 새 학년을 시작했다. 마셜 반 남자아이들은 채드를 두려워하면서도 따랐다. 여자아이들도 한편으로는 조금 겁을 내면서도 채드에게 끌리는 듯했다. 새 학년이 되고 첫 이삼 주 동안 마셜은 모든 아이들과 잘 어울렸다. 채드가 하는 모든 말에 귀 기울였고, 동의한다는 뜻으로 고개를 끄덕였으며, 채드의 농담에 깔깔 웃었다.

퇴학당하는 것을 몹시 두려워하는 아이들이 있다. 채드는 퇴학을 자랑스레 떠벌렸다.

"4학년 때 담임 선생님이 계속 나를 괴롭히는 거야. 그래서 내가 그 여자 선생님을 옷장에 가두고 자물쇠를 채워 버렸지."

"선생님이 나와서 너한테 어떻게 했어?"

"아무것도 안 했어. 아직 옷장 속에 있거든."

마셜은 다른 아이들과 마찬가지로 깔깔 웃었다. 채드는 학교 세 곳이 아니라 다섯 곳에서 쫓겨났다고 주장했다. 그리고 늘 그라면 했음 직한 일들을 아이들에게 끝도 없이 늘어놓았다. 채드가 겪었다는 일이 힘들면 힘들수록 아이들은 채드를 더욱더 우러러보는 듯했다.

마셜은 채드가 자신에게 등을 돌린 순간을 기억하고 있었다. 그 날 채드는 오토바이를 타고 학교에 간 이야기를 하고 있었다.

개빈이 물었다.

"누가 널 봤어?"

"응. 사람들이 날 봤지. 학교 계단 바로 앞까지 타고 가서 교장실로 들어갔으니까!"

"말도 안 돼!"

마셜이 소리쳤다.

채드는 말을 멈추고는 마셜 쪽으로 천천히 고개를 돌렸다.

"내가 거짓말쟁이라는 거야?"

모두들 꿀 먹은 벙어리처럼 조용해졌다.

마셜은 그런 뜻으로 말한 게 전혀 아니었다. '대단하다!'라고 바꿔서 말해도 될 정도로 별 뜻 없이 한 말이었다.

"아니야."

"쟤가 말하는 것 너희도 다 들었지? 나한테 거짓말쟁이래. 내가 거짓말을 하고 있다고 생각하는 사람 또 있냐?"

마셜은 해명을 하려고 했지만, 차갑고 단호한 채드의 눈길에 마셜의 말은 힘없이 흩어져 버렸다.

그 눈길은 그날 온종일 마셜이 어디를 가든 따라오는 듯했다. 그리고 마셜이 전혀 납득할 수 없는 이유로, 다른 아이들까지도 모두 마셜에게 등을 돌리는 것 같았다.

채드는 이렇게 묻곤 했다.

"넌 어느 편이야? 내 편이야, 아니면 볼기짝낯짝 편이야?"

처음에 마셜은 별일 아닌 척하려고 애썼다. 친구들이 모여 있으면 다가가서 그 아이들이 무엇을 하고 있든 간에 함께 하려고 노력했다. 하지만 채드가 보내는 단 한 번의 눈 흘김에 굴욕감을 느끼며 눈을 내리깔고 자리를 떠야 했다.

어디를 가든 속닥거리며 마셜을 헐뜯는 소리가 따라다녔고, 복도에서 누군가 실수인 척하면서 마셜을 들이받기도 했다. 마셜은 수업 시간에 대답하는 것을 두려워하게 되었다. 성적은 점점 나빠졌다. 시험을 볼 때에도 채드가 노려보는 불같은 눈길이 목덜미를 뚫고 지나가는 것 같아 머릿속이 텅 비어 버리곤 했다.

7학년 학생들이 시간마다 교실을 바꿔 가며 수업을 듣는 여느 학교였다면, 마셜과 채드는 한두 과목을 함께 들었을 것이다. 하지만 우드리지는 7학년생이 41명밖에 안 되었고, 마셜에게는 참으로 불행하게도, 마지막 수업인 라틴어를 빼고는 마셜이 듣는 모든 수업에 채드도 있었다.

마셜은 남동생과 여동생이 한 명씩 있었다. 둘은 쌍둥이고 네 살이었다. 친구들이 있고 할 일이 많았을 때에도 마셜은 필요할 때, 심지어 필요하지 않을 때에도 동생들을 기꺼이 돌보았다. 대니얼라와 에릭은 서커스 사자 흉내 내기를 좋아했다. 동생들이 부엌에 있는 의자에 웅크리고 앉아 으르렁거리면 마셜은 사자를 길들이는 사람이 되곤 했다.

친구들을 잃게 되면서부터 마셜은 쌍둥이와 노는 것도 좋아하지 않게 되었다. 할 일 없는 한심한 사람이 된 기분이 들었기 때문이다. 또한 부모님이 나쁜 성적에 대해 물으면 동생들 탓을 했다.

"쟤들이 늘 나를 향해 으르렁거리는데, 어떻게 공부를 하겠어요?"

타마야에게도 마찬가지였다. 학교에서 하루 종일 괴롭힘을 당한 마셜은 자신에게 잘해 주는 유일한 사람한테 분풀이를 했다. 자신도 모르는 사이에 타마야에게 못된 말을 내뱉었다. 그런 자신이 미웠지만 멈출 수가 없었다.

이즈음 마셜의 상황은 계속 안 좋았지만, 오늘은 특히 더 안 좋았다. 수업 시간에 채드가 선생님 질문에 틀린 답을 말한 직후에 마셜이 정답을 말했던 것이다.

마셜이 다음 라틴어 수업을 들으러 계단을 올라가고 있을 때, 채드가 마셜을 뒤에서 붙잡더니 세 계단 아래로 끌어 내려 난간으로 밀어붙였다.

"잘 들어, 볼기짝낯짝. 우리는 이 문제를 한 방에 완전히 해결할 필요가 있어."

"뭘 해결해?"

"학교 끝나고 우드리지 길과 리치먼드 거리가 교차하는 길모퉁이로 와. 꼭 오는 게 좋을 거야, 손가락이나 빠는 겁쟁이야."

마셜과 타마야는 항상 바로 그 길모퉁이를 지나 집으로 갔다. 삼 년 동안 매일 같은 길을 다녔다. 그런데 이날 느닷없이 마셜이 지름길을 알아낸 것이다.

5

11월 2일 화요일
오후 3:18

타마야가 겨우겨우 철조망 너머로 나왔을 때, 마셜은 이미 숲 속으로 사라지고 없었다. 타마야는 배낭을 집어 들고는 배낭끈 사이로 팔을 집어넣으면서 후다닥 마셜을 뒤쫓았다. 낮게 뻗은 나뭇가지 아래로 몸을 숙이는 순간, 작은 바위 더미 위로 기어 올라가는 마셜이 보였다.

"기다려!"

타마야가 소리쳤지만, 또다시 마셜은 시야에서 사라졌다.

타마야는 바위를 허겁지겁 오르다 뭉우리돌에 무릎을 부딪쳤다. 마셜은 바위 더미 너머에서 두 손을 허리에 짚고는 화난 표정을 지으며 기다리고 있었다.

"계속 이렇게 멈춰 서서 굼벵이처럼 느릿느릿 오는 너를 기다려야 한다면 지름길이 다 무슨 소용이야?"

"나는 굼벵이처럼 느릿느릿하지 않아."

타마야가 씩씩거리며 말했다.

"흠, 그럼 빨리빨리 움직여."

마셜은 돌아서서 다시 앞서가기 시작했다.

타마야는 나무 사이로 삐뚤빼뚤하게 난 길을 가면서 마셜 가까이 따라붙었다. 간밤에 비가 온 탓에 축축해진 나뭇잎이 운동화에 들러붙었다. 여기저기에서 낙엽이 하늘하늘 지고 있었다.

그런데 어디에선가 길을 놓친 게 틀림없었다. 얼마 뒤 타마야의 눈에 길이라고 할 만한 것은 전혀 보이지 않았다. 타마야는 마구 얽힌 나뭇가지들을 헤치고 빽빽하게 자라난 가시덤불을 넘어가야 했다.

"돌아가는 게 좋지 않을까?"

마셜의 대답은 짧고 퉁명스러웠다.

"아니."

타마야는 용감한 척했지만 작은 소리만 들려도 매번 심장이 팔딱 뛰었다. 무릎을 꿇고 손바닥으로 바닥을 짚은 채로 땅 가까이 드리워진 나뭇가지 아래를 기어가야 했다.

"이게 지름길이야?"

타마야가 다시 허리를 세우며 물었다.

마셜은 아무 대답도 하지 않았다. 계속 앞으로 가기만 했다.

타마야의 양말은 찢어지고 치마는 흙으로 지저분해졌다. 타마야는 엄마한테 어떻게 설명해야 할지 막막했다. 한 가지 택할 수 있는 방법은 거짓말이었다. 하지만 타마야는 엄마한테 거짓말을 할 아이가 절대로 아니었다.

타마야의 부모님은 타마야가 1학년이었을 때 이혼했다. 그 전까지 타마야네 가족은 필라델피아에 있는 아파트에 살았다. 아빠가 지금 살고 있는 아파트와는 다른 아파트였다.

그때 주변 사람들은 이미 타마야가 얼마나 총명한지 이야기하곤 했다. 그런 이야기를 듣고 타마야는 놀랐다. 왜냐하면 타마야는 스스로 똑똑하다고 생각한 적이 별로 없었기 때문이다. 나는 그냥 나일 뿐, 타마야는 그렇게 생각했다. 적성 검사를 한 후 타마야는 엄마와 함께 히스클리프로 이사했고, 우드리지 사립 학교에 다닐 수 있게 되었다.

총명한 타마야가 이해할 수 없는 대상이 하나 있었다. 바로 부모님이었다. 타마야는 부모님이 왜 떨어져 살고 다시 합칠 수 없는지 이해할 수 없었다. 이혼 후 엄마는 아주 오랫동안 무척 슬퍼 보였다. 타마야가 최근에 아빠를 방문했을 때, 아빠는 이렇게 말했다.

"너도 알겠지만 아빠는 아직도 엄마를 많이 사랑해. 앞으로도 늘 그럴 거고."

하지만 타마야가 아빠의 말을 엄마에게 그대로 전하면서 온 가족이 다시 함께 살아야 하는 것 아니냐고 말했을 때, 엄마는 다시 슬픈 표정을 지었다.

"그럴 일은 절대로 없을 거야."

엄마는 그렇게 말했다.

심지어 지금도, 숲 속에서 영원히 길을 잃을지도 모른다는 생각에 죽을 만큼 겁이 나면서도, 타마야는 자신이 실종된다면 엄마와 아빠가 함께 찾으러 올 수 있겠다는 생각을 했다. 만약 나를 발견하면 어떻게 될까? 다 함께 포옹을 하겠지? 이런 상상을 하고 있을 때, 작은 동물 한 마리가 타마야 바로 앞으로 휙 달려갔다.

타마야는 멈춰 서서 마셜에게 물었다.

"뭐였지?"

"뭐가 뭐?"

"못 봤어?"

타마야는 여우일 수도 있겠다고 생각했다.

"어떤 동물이 내 발을 밟다시피 하면서 뛰어갔어!"

"그래서?"

"그래서 아무 일도 아니라고."

타마야는 우물우물 말했다. 마셜이 왜 이렇게 못되게 구는지 타마야는 이해가 되지 않았다.

타마야와 마셜은 죽은 나무가 쓰러져 있는 곳에 다다랐다. 나무 껍질이 거의 썩어 있었다. 마셜이 나무 위로 기어 올라가서 주위를 둘러보았다.

"흠."

마셜은 왔던 길을 되돌아보았다.

타마야가 물었다.

"우리 길 잃은 거야?"

"아니."

마셜이 단호하게 대답하고는 덧붙였다.

"그냥 내 위치를 알 필요가 있어서."

"지름길을 안다고 했잖아!"

"알아. 그냥 지름길이 시작하는 정확한 지점을 찾아야 할 뿐이야. 일단 시작 지점을 찾으면, 우리는 손가락으로 딱 소리를 내는 사이에 집에 도착할 거야."

마셜은 자기 말을 증명이라도 하는 듯이 손가락으로 딱 소리를 냈다.

타마야는 기다렸다. 뒤에서 뭔가 부스럭거리는 소리가 들렸지만, 뒤를 돌아보았을 때에는 아무것도 보이지 않았다.

마셜이 나무 몸통에서 훌쩍 뛰어내렸다.

"이쪽!"

마셜은 마치 자기가 어디로 가고 있는지 정확히 알고 있다는 듯이 딱 잘라 말했다.

타마야는 재빨리 죽은 나무를 돌아서 뒤따라갔다. 선택의 여지가 없었다.

비탈을 내려가자 골짜기가 나왔다. 타마야와 마셜은 골짜기를 따라 위로 올라갔다. 타마야는 발걸음을 내디딜 때마다 배낭이 점점 더 무겁게 느껴졌다. 계속 뒤에서 무슨 소리가 들렸지만, 뒤돌아보면 아무것도 없었다.

마셜은 계속 빠르게 걸었다. 타마야는 마셜을 따라잡기 위해 뛸 수밖에 없었지만, 이내 다시 뒤처졌다. 갈수록 마셜을 따라잡기가 힘들어졌다.

타마야는 숨을 헐떡이면서, 굽은 비탈길을 돌아 사라지는 마셜을 보았다. 그리고 배낭을 고쳐 메고는 얼마 남지 않은 힘을 모두 끌어모아 마셜을 뒤쫓아 뛰기 시작했다.

누군가 뒤에서 타마야를 붙잡았다. 스웨터가 뒤로 당겨지면서 목이 조여 왔다.

타마야는 몸을 뒤틀어 빠져나와서는 비명을 지르면서 땅바닥에 쓰러졌다. 그러고는 몸을 굴려 위를 보았다. 아무도 없었다. 미치광이 은둔자도, 피 묻은 수염도 없었으며, 그저 뾰족한 나뭇가지만 보였다.

마셜이 서둘러 되돌아와 타마야를 내려다보았다.

"괜찮아?"

타마야는 무엇보다도 창피한 기분이 들었다.

"그냥 넘어졌어."

알고 보니 스웨터가 나뭇가지에 걸린 것이었다. 그게 다였다.

마셜은 계속 타마야를 내려다보더니, 이윽고 입을 뗐다.

"정말 미안해, 타마야."

마셜은 진짜로 걱정하는 듯했다.

"언덕 위에 평평하게 튀어나온 바위가 보였어. 넌 여기서 기다려. 내가 가 보고 올 테니까. 거기서는 전망이 잘 보일 거야."

"나 혼자 두고 가지 마."

타마야가 간절하게 말했다.

"안 그럴 거야. 약속해."

마셜은 배낭을 벗어 타마야 옆에 내려놓았다.

"금방 돌아올게."

타마야는 언덕 위 굽은 길을 돌아 다시 사라지는 마셜을 지켜보았다. 그리고 배낭을 벗어 마셜의 배낭 옆에 놓았다. 뒤따라가기에는 너무도 지쳐 있었다.

타마야는 얼마나 찢겼는지 보려고 스웨터를 벗었다. 생각했던 것보다 상태가 나빴다. 오른쪽 어깨 바로 위에 주먹만 하게 구멍이 나 있었다. 엄마한테 어떻게 설명할지 막막하기만 했다.

타마야는 우드리지에서 전액 장학금을 받았지만, 교복값은 엄마가 내야 했다. 스웨터는 93달러였다.

이것은 부당한 일이었다.

친구들에게 한 번도 사실대로 털어놓은 적은 없었지만, 타마야는 교복을 무척 좋아했다. 모니카, 호프, 서머는 교복을 입으면 바보 같아 보인다고 생각했다. 그 아이들은 틈만 나면 학교에서 '옷다운 옷'을 입을 수 있는 유일한 날, 그러니까 매달 마지막 금요일에 어떤 옷을 입을지 수다를 떨었다. 하지만 타마야는 '선행과 용기'라는 글귀와 개교 연도 1924를 금실로 수놓은 스웨터를 입을 때마다 자부심을 느꼈다. 자신이 대단한 사람인 것 같은, 마치 자신이 역사의 한 페이지가 되는 것 같은 느낌이 들었다.

이런 생각을 하면서 타마야는 솜털이 덮인 것 같은 커다란 진흙 웅덩이를 바라보고 있었다. 처음에는 대수롭지 않게 여겼는데 수상하게 생긴 진흙을 가만히 보고 있으려니 점점 더 호기심이 생겼다.

진흙은 짙은 타르처럼 보였다. 그런데 표면 바로 위에 마치 공중에 떠 있는 듯 노란빛이 도는 갈색 솜털처럼 생긴 거품이 끼어 있었다.

솜털 진흙에는 이상한 점이 또 하나 있었다. 처음에는 몰랐는데 가만 보니 진흙 위에 낙엽이 없었다. 다른 곳은 사방에 나뭇잎이 떨어져 있었는데 말이다. 낙엽은 진흙 웅덩이 가장자리를 빙 둘러 쌓여 있었지만, 무슨 영문인지 진흙 위에만 낙엽이 하나도 없었다.

타마야는 다시 언덕을 올려다보았다. 여전히 마셜은 코빼기도 보이지 않았다.

타마야는 눈길을 다시 솜털 진흙으로 돌렸다. 타마야는 낙엽이 진흙 속으로 가라앉았을 수 있겠다고도 생각해 보았지만, 낙엽이 뚫고 들어가기에 진흙은 너무 질척해 보였다. 결국 솜털 거품이 어떤 식으로든 낙엽을 진창 가장자리로 밀어낸 것은 아닐까 생각했다.

아래에서 부스럭거리는 소리가 들렸다. 타마야는 소리가 나는 쪽으로 고개를 돌렸다. 그때 다시 소리가 들렸다. 뭔가 나무 사이로 움직이고 있었다.

타마야는 한쪽 무릎을 세워 뛸 준비를 했다. 그때 파란색 스웨터와 카키색 바지를 입은 사람이 설핏 보였다. 남학생 교복이었다.

타마야는 일어서서 두 팔을 흔들며 소리쳤다.

"이봐요!"

그 사람이 멈춰 섰다.

"여기예요!"

타마야가 큰 소리로 외쳤다.

그 사람이 다가왔다. 타마야는 학교 식당에서 자기 옆에 앉았던 남학생이라는 것을 알아보았다. 의자 위에 올라서서 늑대가 바지를 물어 구멍을 냈다고 말했던 아이였다. 확실하지는 않았지만, 이름이 채드였던 것으로 타마야는 기억했다.

타마야는 언덕을 올려다보며 소리쳤다.

"마셜! 마셜, 우리 이제 살았어!"

6

에르기

다음은 선레이 농장에 대한 비공개 청문회 기록에서 발췌한 것이다.

라이트 상원 의원   제가 알기로, 당신은 대학생 시절에 이미 바이올렌을 개발했습니다.

조너선 피츠먼   음, 정확히 말하자면 아닙니다. 처음 에르기에 관한 아이디어를 쓴 리포트는 C 마이너스 학점을 받았습니다. 그래서 저는 학교를 관두고 부모님 집 차고에서 그 연구를 계속했습니다. 부모님께서는 딱히 좋아하시진 않았지요. 무슨 말인지 의원님도 아실 겁니다.

라이트 상원 의원   피츠먼 씨, 질문에 답하면서 두 팔을 그렇게 마구 휘젓지 말아 주시면 좋겠습니다.

조너선 피츠먼 제가 팔을 휘저었나요? 죄송합니다. 오랫동안 가만히 앉아 있는 게 저한테는 괴로운 일이라서요. 몸을 움직여야 머리가 더 잘 돌아갑니다.

라이트 상원 의원 그러니까 당신의 에르기가 정확히 뭐지요?

조너선 피츠먼 (웃음) 그냥 제가 그 조그만 녀석을 부르는 이름입니다. '에르고님'을 줄여서 부른 것입니다. 단세포 고에너지 미생물이죠. 아주 강력합니다! 엄청 대단하지요. 그게 어떻게 생겼는지 궁금하시다면, 제 팔에 문신이 있습니다. 똑같이 새긴 거죠.

푸트 상원 의원 아무것도 안 보이는데요.

마치 상원 의원 저도요.

조너선 피츠먼 방금 말씀드렸다시피, 똑같이 새긴 겁니다. (웃음) 세상에서 가장 작은 문신이지요! (웃음) 전자 현미경이 있어야 볼 수 있지요!

라이트 상원 의원 바이올렌 1갤런(약 3.785리터에 해당하는 부피의 단위—옮긴이)에 이 에르기가 100만 마리 이상 있지요?

조너선 피츠먼 100만요? 1조는 될걸요. 아니, 1,000조요. 아니, 저도 모르겠습니다. 그다음 단위가 뭐죠? 하여튼 엄청난 수입니다.

라이트 상원 의원 팔 좀 가만히 두세요, 피츠먼 씨.

조너선 피츠먼 죄송합니다. 제 사무실에는 아예 의자도 없습니다. 계속 몸을 움직여야 하거든요.

푸트 상원 의원 지금은 부모님 집 차고에서 일하지 않지요?

조너선 피츠먼 네, 이제 저한테는 믿기지 않을 정도로 좋은 연구소가 있습니다. 저의 생물학 교수님께서는 에르기를 대수롭지 않게 생각하셨을지 모르지만, 안 그런 사람들도 있었지요. 그중에는 큰 부자도 있었고요.

푸트 상원 의원 선레이 농장에서 바이올렌 1갤런을 생산하는 데 비용이 얼마나 들지요?

조너선 피츠먼 저는 사업가가 아닙니다. 말하자면 저는 아이디어를 내고 그것을 어떻게 실현할지를 구상하는 사람이죠. 하지만 첫 1갤런에 비용이 5억 달러쯤 들었다는 말씀은 드릴 수 있겠습니다.

라이트 상원 의원 5억 달러라. 두 번째 1갤런은요?

조너선 피츠먼 약 19센트입니다.

7

11월 2일 화요일
오후 4:10

"거기 밟지 않도록 조심해요."

타마야가 이상한 진흙을 둘러 걸어오는 채드에게 경고하고는 물었다.

"솜털처럼 생긴 그 수상한 게 뭔 것 같아요?"

채드는 외국어라도 들은 듯한 얼굴로 타마야를 바라보았다. 그러더니 땅바닥에 침을 뱉고는 타마야의 눈을 빤히 보며 다그쳤다.

"마셜은 어디에 있어?"

채드의 말투는 심술궂었지만, 채드가 유일한 희망이었기 때문에 타마야는 다정하게 대해야 했다.

"마셜 오빠는 집으로 돌아가는 길을 찾아내려고 바위에 오르고 있어요. 우리는 길을 잃었거든요. 오빠가 오는 소리를 들었을 때, 처음에는 오빠가 나한테 말했던 미치광이 은둔자일 거라고 생각했는데, 파란색 스웨터가 보였고, 그래서…….”

타마야는 어깨를 으쓱하며 미소를 지었다.

채드는 다시 땅바닥에 침을 뱉고는 타마야를 지나쳐 마셜 쪽으로 향했다. 그리고 마셜이 언덕 비탈을 돌아 모습을 드러내자 발걸음을 멈추었다.

마셜은 채드를 보고는 일 초 정도 머뭇거렸지만, 마치 아무 문제 없다는 듯이 계속 아래로 내려왔다.

“안녕, 채드.”

타마야는 뭔가 잘못되었다는 것을 감지했다. 마셜의 목소리에서 그것을 느낄 수 있었다.

채드가 말했다.

“널 기다렸어.”

마셜이 대꾸했다.

“알아. 거기로 가는 중이었어. 그런데 타마야가 숲을 가로지르는 지름길을 안다고 하더라고. 내가 어쩌겠어? 쟤랑 집에 같이 가야 하는데.”

“엄마가 혼자서 집까지 걸어오지 못하게 하시거든요.”

타마야가 설명을 했다.

채드는 타마야를 할끗 보고는 다시 마셜에게 고개를 돌렸다.

"너, 나를 바보로 만들려고 했구나. 길모퉁이에서 나 혼자 기다리게 만들 작정이었네."

"아니야."

채드는 앞으로 걸어가 마셜을 뒤로 밀쳤다.

"내가 바보라고 생각하지? 그렇지?"

마셜은 몸의 균형을 다시 잡으며 대답했다.

"아니."

채드는 느닷없이 난폭하게 마셜에게 달려들었다. 그리고 주먹으로 마셜의 얼굴, 이어 옆통수를 세게 쳤다.

타마야가 비명을 내질렀다.

마셜은 방어를 하려고 애썼지만, 채드는 두 대를 더 때린 다음, 머리를 움켜잡아 마셜을 땅바닥으로 패대기쳤다.

타마야가 소리쳤다.

"그러지 마!"

채드는 타마야를 노려보았다.

"다음은 너야, 타마야."

마셜이 몸을 일으켜 세우려고 했지만, 채드가 무릎으로 머리통을 때려 다시 쓰러뜨렸다.

타마야는 생각하지 않았다. 그냥 몸으로 반응했다.

솜털 진흙으로 손을 뻗어 질척하고 끈적한 흙을 한 움큼 쥐었다. 그리고 채드를 향해 돌진해, 자기 쪽으로 고개를 돌리는 채드의 얼굴에 흙을 처발랐다.

채드가 타마야에게 달려들었지만 타마야는 아주 잽싸게 옆으로 피했다.

채드는 타마야를 지나쳐 비틀거리더니 허리를 굽히면서 두 손으로 얼굴을 감쌌다.

한순간, 타마야는 너무나 무서워 꼼짝할 수가 없었다.

마셜이 일어나서 배낭 두 개를 움켜쥐고는 외쳤다.

"뛰어!"

타마야는 최대한 빨리 그리고 최대한 오래 뛰었다. 가슴이 터질 듯 숨이 찼다. 타마야는 마셜이 집으로 가는 길을 알아냈는지 아니면 숲 속 더 깊은 곳으로 뛰어가고 있는지 알지 못했다. 하지만 채드로부터 도망칠 수만 있다면 어느 쪽이든 상관없었다.

계속 뛰어가던 타마야의 발이 마구 얽힌 덩굴에 걸렸다. 타마야는 흙바닥에 쓰러졌다. 심장이 쿵쾅거렸고 넘어질 때 받은 충격으로 두 손이 화끈거렸다. 타마야는 숨을 몇 번 깊이 들이마시고는 몸을 일으켜 세우려고 했지만, 힘이 하나도 남아 있지 않았다.

타마야는 뒤를 돌아보기가 두려웠다.

마셜은 타마야가 넘어지는 소리를 듣고는 멈추어 섰다. 타마야는 여전히 배낭 두 개를 쥔 채로 자기를 향해 오는 마셜을 보았다. 마셜의 걸음걸이로 보아 채드가 아주 가까이 있지는 않은 것 같았다. 타마야는 고개를 뒤로 돌렸다. 채드는 어디에도 보이지 않았다.

마셜이 다가오자 타마야는 몸을 일으켜 앉았다.

"괜찮니?"

"그런 것 같아."

무릎이 까져 피가 나고 있었고 넘어질 때 왼쪽 팔목을 다치기는 했지만 심각하게 잘못된 곳은 없는 것 같았다. 하지만 마셜은 훨씬 더 심각했다. 코 아래에 피와 콧물이 덕지덕지 말라붙어 있었다. 얼굴에서는 땀이 뚝뚝 떨어졌다.

타마야가 물었다.

"채드가 지금도 쫓아오고 있을까?"

"몰라. 하지만 오늘 안 그러더라도 내일 그럴 거야."

타마야가 생각하기에도 그럴 것 같았다. 채드의 말이 아직도 머릿속에서 메아리쳤다. '다음은 너야, 타마야.' 그나마도 타마야가 채드의 얼굴에 진흙을 처바르기 전에 한 말이었다.

타마야는 두 발을 딛고 일어서서 마셜에게서 배낭을 받았다. 두 아이는 가던 쪽으로 발걸음을 옮겼다.

"이 길로 가면 돼? 바위 위에서 뭘 좀 봤어?"

"아니, 별로."

"그나저나 오빠가 뭘 했기에 채드가 그렇게 화가 났어?"

"수업 시간에 선생님 질문에 대답을 했어."

타마야는 이해가 되지 않았다.

"그런데?"

"7학년은 달라. 뭘 아는 것처럼 행동하면 안 돼."

하늘이 어둑해지기 시작했다. 타마야는 조금만 있으면 아무것도 보이지 않게 될까 봐 걱정되었다.

마셜이 외쳤다.

"봐! 연기야!"

"어디?"

"굴뚝에서 나는 연기야."

타마야는 마셜이 가리키는 곳을 찾아 눈길을 돌렸다. 잿빛 하늘에 잿빛 연기가 보였다.

두 아이는 서둘러 연기가 나는 쪽으로 향했다. 하지만 타마야는 미치광이 은둔자의 집에서 나는 연기일 수도 있겠다고 생각했다. 그리고 헨젤과 그레텔이 사악한 마녀의 집으로 가는 모습을 상상했다.

그런데 연기 나는 곳 가까이 다가가 보니, 외딴집이 아니라 집 여러 채가 있는 거리와 주차된 차들과 잔디 마당들이 보였다.

타마야는 나지막한 철제 담장을 넘어 거리로 나갔다. 무릎을 꿇고 두 손을 바닥에 짚고는 아스팔트에 입이라도 맞추고 싶은 기분이었지만, 그렇게 하면 마셜이 너무 이상하게 생각할 것 같았다.

타마야는 '막다른 길'이라고 적힌 표지판을 힐끔 보았다.

두 아이가 숲에서 멀어지는 동안 하나둘 가로등이 들어왔다. 타마야는 아무 집 문이나 두드려 차로 집까지 데려다줄 수 있는지 부탁해 보자고 했다. 하지만 마셜은 그럴 필요가 없다고 했다. 길을 알고 있고, 집까지 그리 멀지 않다고 했다.

　타마야의 오른손이 따끔거리기 시작했다. 타마야는 왼손으로 오른손을 문질렀다. 정확히 말하면 다친 것은 아니었다. 살갗에서 막 딴 음료수 캔에 거품이 올라오는 것 같은 느낌이 들었다.

$$2 \times 1 = 2$$
$$2 \times 2 = 4$$

8

작은 에르고님 하나

다음은 비공개 상원 청문회에서 조너선 피츠먼이 한 증언의 일부이다.

마치 상원 의원 미안하지만, 피츠먼 씨, 내 머리로는 잘 이해가 되지 않는데요. 당신은 바이올렌 1갤런당 1조가 넘는 에르고님이 있다고 말했습니다.

조너선 피츠먼 그보다 훨씬 더 많지요.

마치 상원 의원 에르고님은 인공 미생물이죠? 맞지요? 그런데 어떻게 그렇게 많은 수를 만들 수 있지요?

조너선 피츠먼 (웃음) 의원님 말씀이 맞습니다. 불가능하지요. 저는 딱 하나만 만들었습니다.

마치 상원 의원   이해가 안 되는군요.

조녀선 피츠먼   에르고님 하나. 증식을 할 수 있는 하나. 이것이 가장 힘든 부분이었지요. 그래서 시간이 그렇게 오래 걸렸던 겁니다. 제가 처음에 만든 에르기 두세 마리는 세포 분열 과정에서 살아남을 수 없었습니다. 불쌍하게도 녀석들이 자꾸 폭발해 버렸죠.

마치 상원 의원   폭발이라니, 무슨 뜻이죠?

조녀선 피츠먼   우르릉 꽝! (웃음) 연구실에서는 전자 현미경으로 관찰한 이미지를 대형 컴퓨터 화면으로 볼 수 있습니다. 꽤나 멋지지요. 제가 만든 에르기들은 세포 분열 과정에 다다를 때마다…… 꽝! 마치 독립 기념일 같았지요.

라이트 상원 의원   하지만 결국 당신은 폭발하지 않는 에르고님을 창조해 낼 수 있었다, 이런 말이죠?

조녀선 피츠먼   완벽한 에르고님. 2년 반이라는 시간과 5억 달러의 돈이 들었지만, 우리는 해냈습니다. 작은 에르고님 하나. 그리고 36분 후에, 두 개가 됐지요. 두 번째 것은 첫 번째 것의 완벽한 복제물이었습니다. 36분 후, 네 개가 되고, 다음 여덟 개. 다음 열여섯 개. 36분마다 수가 두 배가 되었습니다.

마치 상원 의원   그렇다 해도 1갤런의 바이올렌을 위해 필요한 1조 마리의 에르기를 얻으려면 몇 년이 걸릴 텐데요.

조녀선 피츠먼   전혀 그렇지 않습니다. 계산을 해 보십시오. 12시간도 되지 않아, 우리는 100만 마리를 얻었습니다. 다음 날 오후에는 1조 마리가 넘었지요. (노래) 한 꼬마, 두 꼬마, 세 꼬마 에르고님. 네 꼬마, 다섯 꼬마, 여섯 꼬마 에르고님.

9

11월 2일 화요일
오후 5:48

인도에 난 틈 사이로 잡초들이 삐죽삐죽 나와 있었다. 타마야는 길을 건너 한숨을 쉬고는 집 현관 앞 나무 계단을 올랐다. 가운데 계단이 발밑에서 삐걱거렸다. 마셜의 한심한 지름길 덕분에 타마야는 두 시간 넘게 늦었다. 물론 지름길은 애초에 없었다는 사실을 깨달았으며, 그것이 이번 일에서 가장 한심한 부분이었다. 마셜이 채드를 상대하기가 무서웠다면, 사람과 차가 많은 길로 오는 편이 더 안전했을 것이다.

집이 깜깜했다. 엄마는 이따금 늦게까지 일했다. 타마야는 오늘이 그런 날이기를 간절하게 바랐다.

타마야는 집 열쇠를 목에 걸고 다녔다. 그런데 손을 뻗어 보니 열쇠는 없고 빈 목걸이만 만져졌다. 타마야는 머릿속이 새하얘져서 목걸이를 세게 잡아당겼다. 그 바람에 하마터면 목걸이가 끊어질 뻔했다. 하지만 목걸이를 이리저리 돌려 보니 열쇠가 만져졌다.

타마야는 안도하는 한숨을 크게 내쉬었다. 언제 그랬는지 모르겠지만 열쇠가 목 뒤로 돌아가 있었던 것이다. 하지만 타마야는 문제가 다 끝나려면 아직 멀었다는 것을 알았다.

타마야는 현관문 자물쇠를 열었다.

"엄마?"

그러고는 문을 열면서 큰 소리로 말했다.

"다녀왔습니다!"

아무 대답도 없었다. 여기까지는 좋았다. 질문도 없고, 거짓말도 없고.

타마야는 불을 켜고 잽싸게 자기 방으로 향했다. 타마야네 집 방들은 작은 편이었고, 모두 밝고 선명한 색으로 칠해져 있었다. 빨간색과 파란색 부엌, 노란색 거실, 녹색 복도. 타마야의 방은 노란 옷장 문과 창틀이 있는 청록색이었다. 타마야는 배낭을 툭 내려놓고는 침대로 풀썩 쓰러졌다. 하지만 그것도 잠시뿐이었다.

오른손이 아직도 따끔거렸다. 타마야는 화장실로 가서 불빛 아래에서 손을 살펴보았다. 아주 작은 빨간색 종기가 손바닥과 손가락 전체에 점점이 나 있었다.

타마야는 항균 비누를 써서 견딜 수 있는 한 가장 뜨거운 물로 손을 씻었다. 그리고 수건에 물을 묻혀 팔과 다리에 묻은 흙과 피를 닦았다.

타마야가 무릎에 반창고를 붙이고 있을 때, 전화벨이 울렸다. 타마야는 자신이 집에 오기 한참 전부터 엄마가 집으로 여러 번 전화를 했던 것은 아닐까 걱정했다. 타마야는 엄마 방으로 가서 벨이 네 번째로 울리기 직전에 수화기를 들었다.

"여보세요?"

"안녕, 우리 딸. 미안해. 엄마 오늘 많이 늦을 것 같아."

"괜찮아요."

죄책감이 타마야의 몸속을 짜르르 훑고 지나갔다.

"피자 어때?"

"좋아요."

"너 괜찮니?"

"괜찮아요."

타마야는 최대한 평소처럼 말하려고 최선을 다하고 있었다.

"버섯, 후추, 양파 좋지?"

"양파는 빼고요."

"엄마가 먹을 절반만 양파 올려 달라고 주문할게."

타마야는 자기가 먹을 반쪽에서도 양파 맛이 나리라는 것을 알았지만, 아무 말대꾸도 하지 않았다.

"최대한 서둘러 집에 갈게. 사랑한다."

"사랑해요."

타마야는 엄마가 전화를 딸깍 끊는 소리를 듣고 난 뒤 수화기를 내려놓았다.

타마야는 반창고를 마저 붙인 다음 자기 방으로 돌아갔다. 그리고 흙이 묻은 옷을 벗고 포근한 잠옷으로 갈아입었다. 엄마가 의심할 만한 이유는 하나도 없어, 하고 생각했다. 이제 밤에는 꽤 쌀쌀해져서, 타마야와 엄마는 부드럽고 포근한 잠옷을 입는 것을 좋아했다. 보통은 저녁을 먹고 나서 잠옷으로 갈아입었다. 그러고는 뜨겁게 데운 사과즙을 마시면서 함께 텔레비전을 보기도 했지만 요즘에는 둘이 나란히 앉아 각자 할 일을 하는 경우가 더 많았다.

타마야는 흙 묻은 옷을 모아 세탁기 앞에 놓았다.

타마야가 직접 빨래하는 것도 전혀 의심을 살 만한 일은 아니었다. 작년에 모니카의 생일 파티에 좋아하는 보라색 윗옷을 입고 가려고 직접 빨래를 해 본 뒤로 타마야는 종종 스스로 빨래를 했다. 한번은 마셜이 엄마와 함께 집에 놀러 왔을 때, 타마야의 엄마가 이렇게 말한 적도 있었다.

"내가 옷을 빨아 줄 때까지 기다리다가는 타마야는 발가벗고 학교에 가야 할 거예요."

타마야는 엄마가 마셜 앞에서 한 말이 너무나 당황스럽고 창피해서 자기 방으로 뛰어 들어갔다. 그러고는 마셜이 자기 엄마와 함께 떠날 때까지 나오지 않았다. 심지어 지금도 그때 일을 떠올리면 얼굴이 빨개졌다.

타마야는 지저분한 옷을 세탁기 안에 쏟고는 세제를 넣고 수온을 설정한 다음 세탁기를 돌렸다. 물이 쌩쌩 돌아가는 소리를 들으면서 타마야는 살인자가 모든 증거를 성공적으로 없앤 다음에 느낄 법한 감정을 느꼈다.

오른손이 여전히 미치도록 따끔거렸다. 타마야는 엄마 방 화장실로 가서, 무엇을 찾고 있는지 확실히 알지 못한 채 서랍과 보관함을 뒤져 보았다. 파란색 통에 담긴 '재생 핸드크림'이 보였다. 라벨에 건조하고 갈라지고 가려운 피부에 좋다고 쓰여 있었다.

타마야는 뚜껑을 열고 하얀 백토 같은 크림을 손가락으로 푹 퍼냈다. 그리고 작은 종기들에 골고루 발랐다. 시원하고 종기가 가라앉는 느낌이 들었다. 금세 효과가 나는 것 같았다. 종기가 아까만큼 빨갛지 않았고 화끈거리는 것도 아까만큼 심하지 않았다.

벽 너머에서 차고 문이 윙윙거리며 덜컹덜컹 열리는 소리가 들렸다. 엄마가 집에 왔다.

$$2 \times 4 = 8$$
$$2 \times 8 = 16$$

엄마가 피자를 내려놓고 타마야의 볼에 입을 맞추고는 말했다.
"실컷 먹어라. 엄마는 메일 하나 답장해야 하니까."

피자 상자에서 양파 냄새가 났다. 타마야는 피자 한 조각을 접시에 덜기 전에 딸려 온 양파 조각 몇 개를 집어내야 했다. 재생 핸드 크림이 음식에 묻지 않도록 왼손으로만 그 일을 해야 했다.

하나라던 메일이 여섯 개가 되었지만, 타마야한테는 잘된 일이었다. 엄마가 일에 몰두하면 할수록 그만큼 타마야가 대답해야 할 질문이 줄어들 테니까.

엄마는 이메일들을 읽어 내려가면서 샐러드를 만들고 있었다. 엄마가 한 번에 한 가지 일을 하는 경우는 거의 없었다.

"그래, 필버트 선생님이 네 보고서를 좋아하셔?"

엄마가 샐러드를 탁자에 놓으면서 물었다.

"시간이 부족했어요. 제 보고서는 보지도 못했어요."

"저런. 엄청 열심히 했는데."

엄마의 머리와 눈은 타마야와 마찬가지로 짙은 색이었지만, 피부색은 더 환했다. 엄마는 화려한 색깔의 옷을 좋아했다. 녹색 아이섀도가 블라우스와 잘 어울렸다.

타마야는 어깨를 으쓱했다.

"내일 발표할 거예요. 하지만 아무도 캘빈 쿨리지(미국의 제30대 대통령 ― 옮긴이)한테는 관심이 없어요."

타마야는 다른 대통령에 대한 보고서를 제출하고 싶었지만, 필버트 선생님이 타마야의 이름을 불렀을 때는 이미 좋은 대통령을 다른 아이들이 차지한 뒤였다.

이것은 으레 일어나는 일이었다. 타마야는 조용히 앉아 손만 들었고, 그러면 다른 누군가가 큰 소리로 외쳤다.

"저는 링컨 하고 싶어요."

그다음 다른 아이가 워싱턴을 원했다. 필버트 선생님은 그렇게 소리를 지르는 아이들부터 좋은 대통령을 고를 기회를 주었다. 아이들에게 '조용히 앉아서 내가 이름을 부를 때까지 기다리세요.'라고 말했음에도 불구하고 말이다.

마침내 타마야의 차례가 되었을 때 캘빈 쿨리지를 추천한 사람이 바로 필버트 선생님이었다.

"이분은 너하고 많이 비슷해, 타마야. 조용한 것으로 유명해서 사람들이 '조용한 캘'이라고 불렀지."

필버트 선생님은 '조용한 것'이 비정상적인 행동인 양 말했다.

'선생님이 바로 모두에게 조용히 앉아 있으라고 말씀하신 분이에요.'

타마야는 속으로 그렇게 생각했다.

저녁을 먹고 나서, 타마야와 엄마는 거실 소파에 나란히 앉아 일을 했다. 텔레비전은 켜 있었지만 둘 다 거의 보지 않았다. 엄마는 무릎 위에 노트북을 올려놓고 있었고, 타마야는 탁자 위에 역사책과 공책을 나란히 올려놓고 있었다.

타마야는 인터넷으로 뭔가를 찾아볼 수가 없었다. 우드리지에서는 태블릿 컴퓨터와 휴대 전화 사용이 금지되었다. 색스턴 교장 선생님은 학생들이 옛날 방식으로 공부하기를 원했다. 심지어 계산기도 사용 금지였다.

엄마는 노트북에서 고개를 들어 타마야에게 식사하고 나서 손을 씻었느냐고 물었다.

"손에 피자 소스가 묻어 있어."

타마야는 손을 보았다. 피자 소스가 아니었다. 엄마의 핸드크림을 발랐음에도 불구하고 빨간색 종기가 다시 올라와 있었다. 크기가 더 커지고 개수도 늘어난 것 같았다. 그때까지 제대로 알아차리지 못했지만, 따끔거리는 느낌도 다시 돌아와 있었다.

타마야는 더 이상 엄마한테 숨길 수가 없었다.

"피자 소스가 아니에요. 발진이 난 것 같아요."

타마야는 손을 내밀었다.

타마야와 엄마는 둘 다 생각을 깊이 할 때 아랫입술을 깨무는 버릇이 있었다. 엄마는 발진을 찬찬히 살펴보면서 아랫입술을 깨물고 있었다.

"막 간지럽기도 해요."

"어쩌다 이게 났는지 아니?"

"저도 학교 끝나고 봤어요."

이것이 타마야가 할 수 있는 대답 전부였다. 숲에 대해 엄마나 다른 사람에게 말하지 않겠다고 마셜한테 약속했기 때문이다.

"엄마 화장품을 좀 발랐어요."

"어떤 화장품?"

"재생 핸드크림인가? 파란색 통에 든 거요."

"잘했다. 나도 늘 그걸 써. 기적처럼 효과가 좋거든."

타마야는 엄마 말을 듣고 기뻤다.

"내일 아침에 약속이 있어. 하지만 네가 원한다면, 약속을 취소하고 샌체즈 선생님 병원에 데려가 줄게."

"아니요. 그렇게 심하지는 않아요. 자기 전에 핸드크림 한 번 더 바를게요."

"아침에 어떤지 또 보자꾸나."

타마야는 어쩌면 엄마 말대로 샌체즈 선생님에게 가는 편이 좋을지도 모르겠다고 생각했다. 그렇게 하면 적어도 학교 가는 길에 숨어서 기다릴 채드 걱정은 하지 않아도 될 테니까.

'다음은 너야, 타마야.'

하지만 7학년 남자아이가 곳곳에 선생님들이 있는 학교에서 5학년 여자아이를 정말로 때릴 수 있을까? 타마야는 그럴 것 같지 않다고 생각했다.

'그냥 좀 밀치거나 뭐 그러겠지. 그러면 채드에게 찢어진 스웨터를 물어내라고 해야지. 채드의 부모님이 나한테 새 스웨터를 사줘야 할걸. 사실 틀린 말은 아니잖아. 채드가 없었으면 스웨터에

구멍 날 일도 없었을 테니까.'

다시 한번 타마야는 스웨터에 난 구멍을 살펴보았다. 풀린 실 가닥들을 구멍 속으로 집어넣고 보니 구멍이 그런대로 가려지는 것도 같았다.

타마야가 병원에 가고 싶어 하지 않은 이유가 또 하나 있었다. 친구들에게 한 번도 털어놓지 못한 사실이기도 했다.

타마야는 학교를 단 하루도 빠진 적이 없었다. 학년 말에 매번 개근상을 받았다. 2학년이나 3학년 때에 비하면 지금은 개근상이 큰 의미가 없었지만, 그래도 완벽한 기록을 망치고 싶지 않았다.

침대에 들기 전에 타마야는 기도를 했다. 오늘 기도에는 특별히 채드 힐리거스도 포함시켰다. 채드에게 나쁜 일이 하나도 일어나지 않게 해 달라고 기도했다. 채드가 가슴속에 품고 있는 선한 마음을 찾도록 도와 달라고 신에게 부탁했다.

$$2 \times 16 = 32$$
$$2 \times 32 = 64$$

10

11월 3일 수요일
오전 2:26

타마야는 잠을 잤지만, 마셜은 그러지 못했다. 채드가 괴롭힌 것 못지않게, 아니 그보다 더 마셜은 스스로를 괴롭혔다.

마셜은 침대에 누워 잠이 들려고 필사적으로 노력했다. 채드를 상대하려면 정신이 초롱초롱해야 한다는 것을 알고 있었지만, 초롱초롱한 정신을 필사적으로 원하는 사람들은 대개 잠을 더 이루지 못한다. 원래 잠은 천천히, 느긋하게 해야 하는 일이다.

마셜은 학교에서 아주 늦게 집에 온 것 때문에 혼이 났다. 쌍둥이를 돌봐야 할 때 마셜이 나타나지 않으면 아버지가 일찍 퇴근해서 집에 와야 했다.

"우리가 너를 계속 우드리지에 보낼 수 있는 유일한 방법은 모두 자기 역할을 제대로 하는 거야."

아빠가 평소 하는 말을 되풀이하자, 마셜은 이렇게 대꾸했다.

"좋아요. 그럼 다른 학교에 다닐게요. 저는 그 학교가 싫어요."

이런 상황이 마셜은 이해가 되지 않았다. 부모님이 학비를 댈 형편이 안 되고, 자신도 그 학교를 싫어하는데, 왜 다른 학교에 다니게 하지 않을까? 하지만 이런 말싸움은 부모님을 더욱더 화나게 할 뿐이었다. 잠시 뒤, 자기 방으로 돌아가다가 마셜은 실수로 쌍둥이의 하마 마을을 밟았다. 그래서 더 많은 고함이 터져 나왔다.

"운 좋은 줄 알아! 너를 안 밟은 게 어디야!"

마셜은 대니얼라에게 그렇게 말했다.

모든 것이 부모님 탓이라고 마셜은 결론 내렸다. 마셜의 생일은 9월 29일이었고, 만 다섯 살이 되기 전에 부모님은 선택을 해야 했다. 반에서 가장 어린 아이 중 하나로 유치원을 시작하든지, 아니면 한 해를 기다려 가장 나이가 많은 아이가 되든지(미국 유치원은 만 다섯 살에 입학하고 9월에 새 학년이 시작된다 ─옮긴이). 만약 한 해를 기다렸다면, 마셜은 더 나이가 많고, 더 크고, 더 힘센 아이가 되었을 테고 채드 힐리거스와는 같은 학년에 다니지도 않았을 것이다.

"미국 상원은 의원이 몇 명이지?"

이것이 데이비슨 선생님이 채드에게 한 질문이었다.

"스물아홉 명이요?"

채드는 짐작으로 대답했다.

웃음을 터트린 아이는 앤디였다. 마셜이 아니라.

"어떻게 상원 의원이 스물아홉 명밖에 안 되겠어? 주가 오십 개나 되는데!"

앤디는 그렇게 지적했다.

그런데 그때 데이비슨 선생님이 이렇게 말했다.

"마셜, 상원 의원이 몇 명인지 채드에게 좀 말해 주겠니?"

곧바로 마셜은 자신이 저주를 받았다는 것을 알아차렸다. 그래서 틀린 대답을 할까도 생각해 보았고, 어쩌면 그렇게 하는 게 좋았을 수도 있지만, 누가 알겠는가? 만약 '스물여덟 명'이나 '백만 명'이라고 대답했다면, 채드는 마셜이 자기를 놀린다고 생각했을 수도 있다.

그래서 마셜은 자기 책상을 가만히 내려다보며 아주 조용하게 대답했다.

"백 명 아닐까요?"

그러고는 잠시 뒤, 채드가 계단에서 마셜을 패대기치다시피 했던 것이다.

"우리는 이 문제를 한 방에 완전히 해결할 필요가 있어. 꼭 오는 게 좋을 거야, 손가락이나 빠는 겁쟁이야!"

새벽 2시 반에 말똥말똥한 채로 누워서, 마셜은 채드가 결국 자기를 두들겨 팼기 때문에 더 이상 괴롭히지 않을 것이라고 스스로 설득하려고 애썼다. 둘 사이의 문제를 '한 방에 완전히' 해결했으니까.

하지만 마셜은 정반대가 될 가능성이 더 높다는 것을 알았다.

'이제 피 맛을 보았기 때문에 채드는 더 많은 피를 보려고 할 거야. 그리고 타마야를 쫓아갈 거야.'

마셜은 타마야와 함께 학교로 걸어가는 모습을 상상했다. 타마야가 모니카나 캘빈 쿨리지나 그 밖의 것들에 대해 투덜거리고 있을 때, 채드가 타마야의 머리채를 뒤로 홱 잡아채서 얼굴에 주먹을 날린다!

"걔를 내버려 둬!"

마셜이 소리친다.

타마야는 땅바닥에서 울고 있다. 채드가 다시 타마야를 때리려는 순간, 마셜이 팔을 붙잡는다.

"걔를 내버려 두라고 했잖아, 볼기짝낯짝!"

채드가 마셜을 밀친다. 맞받아서 마셜이 채드를 밀친다. 구경꾼들이 모여든다.

채드는 온 힘을 모아 마셜에게 다가와 크게 한 방 날리지만 마셜은 발 하나 꿈쩍하지 않고 몸을 숙여 피하고는 주먹을 먹인다.

처음에는 마셜의 귀에 채드를 응원하는 소리만 들리다가 싸움이 계속되자 오랜 친구들 몇몇이 자기를 응원하는 소리가 들리기 시작한다.

"녀석을 해치워, 마셜!"

"넌 할 수 있어, 마셜!"

그다음…….

마셜은 잠들려고 애쓰면서 싸움이 끝나는 여러 모습을 상상했다. 어떤 때는 자신이 승자가 되고, 흠씬 두들겨 맞고 피를 흘리고 있는 채드가 용서해 달라고 빌었다. 다른 때는 채드가 이겼지만, 길고 힘든 전투 끝에야 승리를 얻었다.

마셜은 자신이 도로에 누워 겨우겨우 몸을 가누는 모습을 그려 보았다. 같은 반 예쁜 여자애 앤드리아 골과 로라 머스크랜츠가 마셜 곁에 무릎을 꿇고 앉아 얼마나 용감했는지 모른다고 말해 주면서 젖은 종이 수건으로 얼굴에 묻은 피를 닦아 준다. 로라는 볼에 입을 맞춘다.

그러나 이런 상상을 하면서도 마셜은 그런 일이 결코 일어나지 않으리라는 것을 알았다.

실제로 채드가 타마야를 공격해 올 때 마셜이 바랄 수 있는 것은 기껏해야 타마야가 너무 심하게 다치기 전에 선생님이 싸움을 말리는 것이었다. 그러면 채드는 퇴학을 당할지 모르고, 채드가 한동안 모습을 드러내지 않으면 다른 아이들이 마셜을 다시 좋아하게 될지도 몰랐다.

이것이 마셜이 희망할 수 있는 최선이었으며, 마셜은 그런 자신이 미웠다. 이것이 겁쟁이의 가련한 희망이라는 것을 스스로 잘 알았기 때문이다.

11

휙!

상원 비공개 청문회 기록에서 발췌한 것.

홀팅스 상원 의원 물론 우리는 휘발유를 대신하면서도 공해를 유발하지 않고 비용이 싼 원료에 대해 커다란 희망을 품고 있습니다. 하지만 제가 정말로 우려하는 것은, 피츠먼 씨, 당신의 인공 에르고님이 자연환경과 섞일 때 어떤 일이 일어날까 하는 점입니다. 에르고님이 동식물 생태에 어떤 영향을 끼칠까요? 그리고 궁극적으로 인간의 삶에는요? 우리는 그게 궁금합니다.

조너선 피츠먼 저는 그 문제를 해결했습니다.

홀팅스 상원 의원 크기가 작은 것일수록 통제하기가 어려운 법입니다. 호랑이나 곰은 우리 안에 넣으면 되지만, 아주 작은 미생물은 탈출을 막기가 훨씬 더 어렵지요.

조녀선 피츠먼 아무 문제 없습니다.

홀팅스 상원 의원 만약 당신이 해결책을 가지고 있다면, 마이애미에서 시애틀까지 모든 주유소에서 사람들이 차에 바이올렌을 가득 채울 것입니다. 유조차가 전국에 바이올렌을 실어 나르겠지요. 몇 방울 흘릴 수도 있고요. 사고는 생기게 마련이니까요. 그럼 어떻게 하지요?

조녀선 피츠먼 보세요. 의원님은 문제를 완전히 거꾸로 보고 계십니다. 에르고님이 바깥으로 탈출할까 봐 걱정하시지만, 사실 문제는 정반대입니다. 저는 오히려 바깥에서 뭔가가 안으로 들어가는 것을 막기 위해 최선을 다하고 있습니다.

홀팅스 상원 의원 둘 사이에 정확히 어떤 차이가 있는지 모르겠군요.

조녀선 피츠먼 에르고님은 산소 속에서 생존할 수 없습니다. 에르기를 산소에 노출하면, 휙!

홀팅스 상원 의원 휙?

조녀선 피츠먼 산산조각 나 버리죠. 휙. 에르기가 공기 중으로 탈출하는 것에 대해서는 걱정할 필요가 없습니다. 선레이 농장에는 특수한 진공 호스와 진공 탱크를 설치해야 했습니다. 공기를 밖으로 빼내기 위해서 말입니다.

12

11월 3일 수요일
오전 7:08

타마야는 좋아하는 노랫소리에 잠을 깼다. 일부러 빠끔 열어 놓은 창틈으로 찬 공기가 들어오는 탓에 이불 속이 더 아늑하게 느껴졌다.

노래는 정확히 매일 아침 7시 8분에 흘러나왔다. 8은 타마야가 좋아하는 숫자이고, 7은 모니카가 좋아하는 숫자였다. 타마야의 단짝 모니카 또한 매일 같은 시간에 일어났다.

타마야의 생각이 작년으로 날아갔다. 4학년 때 교실 뒤쪽에는 거대한 벽난로가 있었다. 담임 선생님은 벽난로 안을 베개로 가득 채우고는 학생들이 과제를 끝마치면 그 안에 들어가 책을 읽어도 된다고 허락했다. 벽난로는 워낙 커서 아이들 네 명이 들어가고도 남을 정도였는데, 대개 맨 처음 차례는 타마야와 모니카 차지였다. 둘은 나란히 앉아 키득키득 터져 나오는 웃음을 참아 가며 책을 읽었다.

타마야가 그런 생각을 하고 있을 때, 두려움이 기억 속으로 서서히 들어와 점점 커졌다. 베개로 가득한 벽난로 이미지가 숲과 찢어진 스웨터와 채드에게 밀려났다. 채드가 차가운 눈으로 응시하며 '다음은 너야, 타마야.'라고 말했다.

손이 따끔거렸다. 타마야는 손을 이불 속에서 꺼내 살펴보았다. 처음에는 발진이 사라진 줄 알았다. 하지만 눈이 빛에 익숙해지면서, 딱딱하게 굳은 가루 같은 것 아래로 빨간색 발진이 그대로 있다는 사실을 깨달았다.

베개에도 가루가 있었으며, 침대보를 당기자 침대 위도 온통 가루투성이였다. 분홍빛이 도는 구릿빛 가루는 타마야의 피부와 같은 색깔이었다.

타마야는 침대에서 후다닥 나와 화장실로 뛰어갔다.

가루는 곧바로 씻겨 나갔지만, 발진은 더 많이 퍼져 있었다. 빨간색 종기가 한 손 전체를 뒤덮었고, 손목으로까지 번지고 있었다. 종기 중 일부는 물집으로 변해 있었다.

거울을 보니, 얼굴 오른쪽에도 딱딱하게 굳은 부분이 보였다. 타마야는 그곳에 물을 끼얹고 뜨거운 물에 적셔 비누를 묻힌 수건으로 전체를 박박 닦았다.

얼굴의 종기가 모두 사라진 것 같았다. 조금 빨개지긴 했지만, 박박 문지른 탓일 수도 있었다.

엄마 방에서 가져온 기적의 핸드크림이 타마야의 방에 있었다. 전날 밤에 타마야는 화장품을 종기 하나하나에 살짝 발라 부드럽게 문질렀다. 하지만 이번에는 총공격이었다! 손가락을 백토 같은 화장품에 폭 찍어 큰 덩어리로 퍼냈다. 그러고는 얼굴 전체에 두툼하게 발랐다.

타마야는 방으로 돌아와 침대보를 뚤뚤 말아 세탁기로 가져갔다. 그리고 수온을 '고온'으로 설정했다.

"지금 침대보를 빨려고?"

타마야는 홱 돌아보았다.

엄마가 이미 출근복을 입고 서 있었다. 차분한 자주색 치마와 재킷이었다. 아이섀도는 옷과 같은 색이었다.

"발진 때문에요. 안 번지게 하려고요."

"어디 보자."

타마야는 손을 내밀었다.

"좀 나아진 것 같은데."

타마야는 핸드크림이 그저 발진을 가렸다는 것을 알았지만 아무 말도 하지 않았다. 엄마의 숨결에서 치약과 커피 냄새가 났다.

"있잖아, 오늘은 학교 끝나자마자 엄마가 차로 데리러 갈 거라고 마셜에게 말하렴. 마셜만 괜찮다면, 같이 태워 줄게. 하지만 너는 엄마랑 샌체즈 의사 선생님께 진찰받으러 가야 해."

타마야는 발진을 치료할 수 있다는 생각에 기뻐하며 고개를 끄덕였다.

$$2 \times 64 = 128$$
$$2 \times 128 = 256$$

타마야는 배낭을 메고는 스웨터에 난 구멍을 가릴 수 있도록 끈의 위치를 조절한 다음, 엄마가 자기를 눈여겨보기 전에 서둘러 집을 나섰다. 구멍에 대해 어떻게 설명할지 여전히 막막했기 때문이다.

타마야가 마셜의 집에 도착했을 때 마셜이 막 밖으로 나왔다. 마셜은 전에 끼던 안경을 쓰고 있었다.

마셜은 올여름부터 안경 대신 콘택트렌즈를 꼈다. 타마야는 마셜이 안경 쓴 모습을 더 좋아했다. 안경을 벗은 마셜의 얼굴은 맹해 보인다고 생각했다.

"안경 썼네."

마셜은 어깨를 으쓱하고는 대꾸했다.

"숲에서 콘택트렌즈를 잃어버렸어."

"아."

채드한테 얼굴을 맞은 순간 마셜의 콘택트렌즈가 눈에서 튀어

나와 날아가는 모습이 타마야의 머릿속에 그려졌다. 하지만 실제로 그런 일이 일어나지는 않았을 것이다.

마셜의 얼굴에는 멍이 하나도 보이지 않았다. 그저 기운이 쭉 빠져 보였다. 한 엿새는 못 잔 사람 같았다.

마셜은 발을 질질 끌면서 걸었다. 여느 때에는 타마야가 마셜과 나란히 가기 위해 애를 써야 했지만, 지금은 이대로 걷다가는 지각을 하지 않을까 걱정될 정도로 느릿느릿 걸었다.

타마야의 손에서 따끔거리는 느낌이 쿡쿡 쑤시는 느낌으로 변했다. 아주 작은 바늘 천 개로 찌르는 것 같았다.

"아, 우리 엄마가 학교 끝나고 차로 데리러 오신대. 병원에 가기로 했거든. 숲에 갔다 온 뒤로 발진이 생겨서 말이야."

타마야가 손을 보여 주었지만, 마셜은 힐끔 보지도 않았다.

"엄마한테 거기 갔다고 말 안 했지? 응?"

"안 했어."

"말하면, 우리 둘 다 크게 혼……."

"말 안 했다고 했잖아."

"좋아."

"오빠가 괜찮다면 이따 같이 태워 주겠다고 하셨어."

"그래, 그러든지."

마셜은 그렇게 말했다. 하지만 타마야는 마셜이 차를 타고 가면 채드를 피해 안전하게 집에 갈 수 있어서 안심한다는 것을 알았다.

이제 리치먼드 거리로 접어들었다. 아침 일찍부터 움직이는 차량이 무척 많았다. 다시 한번 타마야는 마셜이 어제 평소에 다니던 길로 집에 갔다면 훨씬 더 안전했을 거라고 생각했다. 타마야의 스웨터가 찢길 일도 없었을 것이다. 마셜은 콘택트렌즈를 잃어버리지 않았을 것이다. 그리고 아마 발진이 돋을 일도 없었을 것이라고 타마야는 생각했다. 비록 어떻게 해서 발진이 생기게 되었는지 확실히 알지는 못했지만 말이다.

숲 옆으로 난 길로 접어들자, 아침에 눈 뜨자마자 느꼈던 두려움이 되살아났다. 한 발 한 발 내디딜 때마다 두려움은 점점 더 무겁게 타마야를 짓눌렀다.

타마야는 자신이 무엇을 두려워하는지 정확히 꼭 집어낼 수는 없었다. 다른 사람들이 주변에 있는 한 채드를 그렇게까지 두려워할 이유는 없다고 생각했다. 분명 뭔가 다른 이유가 있었다. 훨씬 더 나쁜 어떤 것. 뭔가 좋지 않은 일이 곧 일어나리라는 것을 알지만, 너무도 끔찍한 일이라 머리가 일부러 그 일을 생각 밖으로 밀어내는 것 같았다.

이제 우드리지 길에 다다랐다.

마셜이 말했다.

"내가 걔를 만나기로 한 곳이 여기야."

인도와 담장 사이에 잡초와 흙이 있는 공간이 있었다. 타마야는 마셜이 나타나지 않자 채드가 그 담장을 타고 넘어 숲으로 들어갔을 것이라고 짐작했다.

"이 근처에는 사람들이 있었을 거야. 숲 속은 상황이 더 나빴어."

타마야가 콕 집어 말하자 마셜이 땅바닥을 탁 차며 대꾸했다.

"굳이 일깨워 줄 필요 없잖아."

타마야는 미안한 마음이 들었다. 이런 식의 느낌이 싫었다. 예전에 마셜을 우러러보았을 때가 더 좋았다.

"채드는 그냥 덩치 큰 바보일 뿐이야."

타마야가 말하자, 마셜이 기어드는 목소리로 말했다.

"걔한테 관심 없어."

타마야는 채드가 가까이에 숨어 있다면 틀림없이 들을 수 있을 만큼 큰 목소리로 다시 한번 말했다.

"덩치 크고 뚱뚱한 바보!"

우드리지 길로 접어들었다. 학교로 향하는 길 양옆으로 숲이 있었다.

타마야는 발걸음을 재촉했다.

"지각 안 하려면 서두르는 게 좋겠어."

타마야가 다그쳐도 마셜은 계속 뒤처졌다.

타마야는 점점 더 빠르게 걷다가 이내 뛰기 시작했다. 지각할까 봐 그런 것은 아니었다. 타마야는 겁이 났지만, 무엇을 겁내고 있는지 알 수 없었다.

학교에서 줄지어 나오는 차들이 있는 곳에 다다랐을 때, 타마야는 숨이 찼다. 그때서야 타마야는 달리기를 멈추었다.

누군가 타마야를 부르는 소리가 들렸다.

모니카의 여동생 머릴리가 자기 엄마의 벤츠 차창 밖으로 몸을 반쯤 내밀고는 타마야에게 손을 흔들고 있었다.

타마야는 왼손을 흔들었다. 오른손은 일부러 숨겼다. 타마야가 갓돌에 서서 기다리자, 머릴리와 모니카가 차례로 차에서 내렸다.

모니카가 말했다.

"어제 어디에 있었니? 계속 전화했는데."

타마야는 모니카한테 다 털어놓고 싶었지만, 감히 그렇게 하지 못했다. 모니카는 호프에게 말할 테고, 그러면 학교 전체에 이야기가 퍼질 게 뻔했기 때문이다.

"몰라. 좀 들랑날랑했거든."

"그러게 휴대 전화 좀 장만하라니까."

"학교에서는 휴대 전화 금지잖아."

"학교 끝난 다음에 쓰면 되지."

"나도 들랑날랑했어. 그러고는 다시 들어갔지. 그다음 다시 나왔고."

머릴리가 말하자, 모니카가 동생에게 입 닥치라고 했다. 그러고는 타마야에게 말했다.

"그런데 말이야, 내가 어제 누구를 봤게? 넌 아마 상상도 못 할걸."

"보샹 선생님."

머릴리가 끼어들었다.

"입 다물라니까. 타마야랑 얘기하고 있잖아. 보샹 선생님. 선생님이 우리 집 바로 앞에서 조깅을 하고 있었어! 나를 보고는 '봉주르, 마드무아젤 모니크.'라고 했어. 미치는 줄 알았다니까."

보샹 선생님은 2학년 때부터 불어를 가르친 선생님이었다.

모니카가 말했다.

"대머리 선생님 다리에 그렇게 털이 많을 줄 누가 상상이나 했겠어?"

타마야는 억지웃음을 지었다.

마셜은 타마야가 친구 모니카와 함께 무사히 건물 안으로 들어가고 채드가 코빼기도 보이지 않자 마음이 놓였다. 만약 채드가 타마야를 공격했다면 어떻게 했어야 하는지 확신이 서지 않았다. 타마야를 보호하려 했을 것이라고 생각하고 싶었지만, 그렇게 하지 못했으리라는 것을 알고 있었다.

마셜은 현관문으로 팔을 뻗었다. 7학년 교실은 지하실에 있었다. 지하실은 예전에 하인들의 숙소였지만, 학교에서는 모두들 지하 감옥이라고 불렀다.

마셜은 지하실이 정말로 지하 감옥처럼 느껴졌다. 어떤 고문과 불행이 기다리고 있을지 모를 지하실을 향해 마셜은 계단을 터벅터벅 내려갔다.

13

참사 경보

비공개 상원 청문회 기록에서 발췌한 것.

앨리스 메이페어 교수 제가 태어난 1975년에 세계 인구는 40억이었습니다. 많은 사람들이지요. 100년 전에는 20억 명도 안 되었습니다. 하지만 제가 청문회에서 발언하고 있는 오늘, 70억 명이 넘는 사람들이 있습니다.

푸트 상원 의원 그것이 바이올렌하고 무슨 상관이 있지요?

앨리스 메이페어 교수 매일 30만 명이 넘는 아이들이 태어납니다. 날이면 날마다. 그 아이들 한 명 한 명에게 음식과 물과 에너지가 필요합니다.

푸트 상원 의원 이 나라에 바이올렌이 필요한 이유가 바로 그거죠.

라이트 상원 의원 잠깐만요, 교수님. 교수님은 인공 미생물이 환경에 유입 되는 것으로부터 야기될 수 있는 참사에 대해 증언하러 나오셨다고 알고 있습니다만.

앨리스 메이페어 교수　아, 참사는 계속 일어날 겁니다. 바이올렌 때문이든 다른 것 때문이든. 누가 알겠습니까? 2050년에는 20억 명의 사람들이 추가로 이 행성에 살게 됩니다. 90억 명이 되는 거죠!

푸트 상원 의원　그래서 우리한테는 바이올렌이 필요한 거죠.

앨리스 메이페어 교수　세계 인구를 통제할 어떤 조치를 취하지 않으면, 어떤 것도 우리에게 도움이 되지 않을 거예요, 의원님. 바이올렌도, 제아무리 대단한 작물이나 비료도, 화성에 식민지를 건설하는 것도 도움이 안 될 거예요.

라이트 상원 의원　단도직입으로 묻겠습니다. 교수님은 우리가 세계 전역에서 사람들이 너무 많은 아이를 낳지 않도록 통제하기를 바라는 건가요?

앨리스 메이페어 교수　네.

마치 상원 의원　(웃음) 그것은 이 위원회의 소관을 조금 넘어서는 것 같군요.

14

11월 3일 수요일
오전 9:40

월, 수, 금요일마다 필버트 선생님 반 아이들은 글짓기를 했다. 선생님이 아이들에게 무엇이든 원하는 것에 대해 쓰라고 하는 때도 있었지만, 특정한 주제를 주는 경우가 더 많았다.

타마야는 특정한 주제를 선호했다. 이상한 일이지만, 세상에 있는 어떤 것에 대해서든 써도 된다고 할 때 쓸 거리를 생각하기가 더 어려웠다.

아이들 대부분은 주제를 들으면 언제나 툴툴거리고 앓는 소리를 내뱉었다. 어떤 주제인지는 중요한 것 같지 않았다. 그냥 불평하기 좋아하는 아이들도 있었다.

필버트 선생님이 화이트보드에 주제를 쓴 다음 큰 소리로 읽었다.

"풍선 부는 법."

으레 나오는 툴툴거리고 앓는 소리에 더해 여기저기에서 "어?", "뭐?" 하는 소리가 나왔다. 타마야 주변에서 손들이 올라갔다.

"이해를 못 하겠어요."

제이슨이 손을 들지도 않고 불쑥 말했다.

"입 안에 넣고 불면 되잖아요."

"아, 이렇게 말이니?"

타마야는 필버트 선생님이 빨간색 풍선을 꺼내서 통째로 입 안에 넣는 모습을 휘둥그레진 눈으로 지켜보았다. 선생님은 숨을 깊이 들이마신 다음, 풍선을 훅 바닥으로 내뱉었다.

타마야를 비롯해 모두들 깔깔 웃었다. 타마야는 바로 옆에 앉은 호프에게 미소를 짓고는 교실 반대쪽에 앉아 있는 모니카와 눈을 마주쳤다. 모니카도 놀란 표정을 지으며 타마야를 쳐다보았다.

필버트 선생님은 정말 아무것도 모르겠다는 듯이 머리를 긁적이며 말했다.

"안 되는데."

제이슨이 또 손을 들지도 않은 채 말했다.

"아니요. 풍선 전체를 입 안에 넣으면 안 되죠. 그냥 끝부분만요."

필버트 선생님은 이마를 탁 쳤다.

"왜 처음부터 그렇게 말하지 않았니?"

선생님은 다른 풍선을 고른 다음 이번에는 한쪽 끝만 입 안으로 넣었다. 입구가 있는 쪽이 아닌 다른 쪽 끝.

"아니요, 반대쪽 끝이요!"

모니카가 큰 소리로 말했다.

필버트 선생님은 풍선을 180도 돌렸다.

"이제 부세요."

또다시 필버트 선생님은 풍선을 바닥으로 내뱉었다.

타마야 주변에서 아이들이 선생님에게 무엇을 잘못했는지 말해 주기 위해 이렇게 저렇게 하라고 소리를 질렀다. 친구들에게 방금 본 것을 되풀이해서 이야기하고 있는 아이들도 있었다. 방금 다 같이 봤는데도 말이다.

선생님은 손가락 두 개를 들어 아이들이 모두 조용해지기를 기다렸다.

"선생님한테 말하지 말고, 글로 써 보세요. 평생 풍선을 한 번도 본 적이 없는 사람이 여러분의 글을 읽는다고 가정하면서. 그리고 그 사람이 그다지 총명하지 못하다고 가정하고."

선생님은 머릿속이 텅 비어 있다는 걸 확인하기라도 하듯이 머리 한쪽을 탁 쳤다.

타마야는 웃었다. 머릿속에서는 벌써 풍선 부는 법을 어떻게 설명할지 궁리하고 있었다.

선생님이 이어서 말했다.

"그러니까 여러분은 명확하고 정확하게 설명해야 해요. 나중에 여러분이 쓴 글을 큰 소리로 읽고 글에 나온 대로 해 볼 거예요. 내가 풍선을 몇 개나 불 수 있는지 볼 거예요."

투덜이들이 다시 툴툴거리고 앓는 소리를 내고 있었지만, 타마야는 바로 과제에 착수했다. 연필을 꺼내 잠시 생각해 보고는 글을 썼다.

'풍선이 납작한 상태에서 시작한다. 폐에서 나온 공기로 풍선을 가득 채울 것이다.'

다른 아이들은 아직도 아까 선생님이 풍선을 내뱉은 것에 대해 조잘대고 있었다.

통로 건너편에 앉은 호프가 타마야의 어깨를 탁탁 치면서 속삭였다.

"스웨터 왜 그래?"

타마야의 심장이 철렁 내려앉았다. 스웨터 구멍이 그렇게 쉽게 눈에 띄지 않기를 바랐는데.

타마야도 속삭여 대꾸했다.

"무슨 말이야?"

"완전히 찢어졌잖아."

타마야는 어깨를 으쓱했다.

"그럼 뭐 어때?"

타마야는 자신이 호프가 생각하는 것만큼 범생이가 아니라는 것을 증명하기 위해 애써 태연한 척했다.

타마야는 다시 글짓기로 돌아와 써 놓은 것을 읽어 보고는 다음 문장을 썼다.

'구멍이 있는 한쪽 끝을 찾는다.'

타마야는 이 문장이 마음에 들지 않았다. 풍선에 절대로 있어서는 안 되는 것이 하나 있다면 그것은 바로 구멍이었다! 필버트 선생님은 이 문장을 보고 바늘로 풍선에 구멍을 내고도 남았다!

타마야는 다른 표현을 생각해 보려고 애썼다.

'고리같이 생긴 둥근 것?'

타마야는 지우고 다시 쓰려고 했지만 종이에 지저분한 얼룩만 생겼다. 타마야는 공책을 늘 깨끗하고 깔끔하게 썼으며, 글씨도 아주 잘 썼다. 타마야는 조금 더 세게, 하지만 종이가 찢어지지 않을 만큼 힘을 주어 글자를 지웠다.

빨간색 방울 하나가 지우개 자국 위로 떨어졌다.

처음에 타마야는 무엇보다도 공책이 더렵혀질까 봐 걱정했다. 그러나 손을 봤을 때, 물집과 피로 범벅이 된 것을 보고는 겁에 질렸다.

타마야는 연필을 떨어뜨렸다. 연필이 공책 위로 또르르 구르며 빨간색 자국을 남기고는, 책상을 가로질러 바닥으로 떨어졌다.

"선생님!"

호프가 소리쳤다.

"타마야 막 피 나요!"

$$2 \times 256 = 512$$
$$2 \times 512 = 1,024$$

15

지하 감옥에서

마셜이 교실로 들어가 자리에 앉을 때까지 채드는 코빼기도 보이지 않았다. 그러나 안도감은 곧 불안감으로 변했다. 마셜은 문이 열리는 소리가 들릴 때마다 그쪽으로 고개를 돌렸다. 채드가 곧 당당하게 들어와 아이들에게 숲에서 있었던 일을 얘기하고, 마셜이 자기를 보호하기 위해 5학년 여자애를 앞세웠다고 떠벌릴 게 틀림없었다.

수업이 시작한 뒤에도 채드가 나타나지 않자, 불안감은 점점 더 커지기만 했다. 방송 조회 시간 내내 마셜은 발을 동동 굴렸다. 한편으로는 채드가 어서 나타나기를 바랐다. 어차피 할 거면 빨리 하고 말할 거면 빨리 말해서 모든 것이 끝나기를 바랐다. 최악은 기다리는 일이었다.

1교시가 끝났을 때, 마셜은 모퉁이를 지날 때마다 채드가 기다리고 있을 것이라고 확신하면서 무척 조심스럽게 복도를 지나갔다. 수학 수업을 하는 교실까지 무사히 간 마셜은 비어 있는 채드의 책상을 보고서야 마음이 놓였다. 하지만 아주 조금 마음이 놓였을 뿐이다.

수학은 평소 가장 잘하는 과목인 데다, 뒤통수에 구멍을 낼 듯이 이글거리는 채드의 눈이 없자 마셜은 몇 주 만에 처음으로 수업에 집중할 수 있었다.

브랜트 선생님이 화이트보드에 연립 방정식 두 개를 썼다. 선생님이 아이들을 위해 방정식을 풀어 주는 동안, 마셜은 풀이 과정을 머릿속으로 생각해 보았다.

브랜트 선생님이 다른 방정식 두 개를 썼다.

"누구 풀어 볼 사람?"

채드가 있든 없든 마셜은 여전히 손을 들 용기가 없었다.

아마도 브랜트 선생님이 마셜의 표정에서 뭔가를, 눈에서 어떤 긴장감을 읽었던 것 같다.

"마셜, 한번 풀어 볼래?"

마셜은 이름이 불리자 움찔했지만 느릿느릿 일어났다. 마셜이 교실 앞으로 갈 때, 평소와 달리 아이들이 속닥속닥 헐뜯는 소리가 하나도 들리지 않았다. 발을 걸어 넘어뜨리려고 내미는 다리도 없었다.

마셜은 선생님에게서 펜을 건네받고는 잠시 문제를 살펴본 다음, 두 방정식의 요소들을 결합하여 새 방정식을 하나 썼다. 그리고 문자를 숫자로 바꿔 답을 구해 가면서 자신감이 커지는 것을 느꼈다.

마셜 등 뒤에서 문이 열렸다.

삐걱거렸다고도 할 수 없는, 그저 낡은 여닫이문이 움직이는 소리였지만, 마셜은 듣자마자 그 소리의 정체를 알아차렸다.

자신감이 사라지고 다리가 젤리처럼 흐물흐물해졌다. 앞에 있는 방정식에 정신을 집중하려고 애썼지만, 숫자와 문자와 수학 기호들이 뒤죽박죽 섞여 버렸다.

뒤이어 또각또각 내딛는 구두 소리가 들렸다. 채드가 내는 소리 같지는 않았다. 마셜은 천천히 몸을 돌렸다.

색스턴 교장 선생님이 엄하고 단호한 표정을 지으며 결의에 찬 발걸음으로 교실 앞으로 걸어오고 있었다.

"방해해서 미안합니다, 브랜트 선생님."

교장 선생님은 마셜을 등진 채 아이들을 마주하고 섰다.

"아주 안 좋은 소식이 하나 있어요."

마셜은 어디로 가야 할지 난감했다. 자리로 돌아가려면 교장 선생님 앞을 가로질러 가야 하는데 그러고 싶지는 않았다. 결국 화이트보드에서 천천히 뒤로 물러서 옆벽으로 향했다.

교장 선생님은 천천히 그리고 조심스럽게 말했다.

"여러분의 급우인 채드 힐리거스가 실종됐어요. 어제 오후에 학교에서 나간 뒤로 보이지 않고 있어요. 우리가 아는 한, 집에는 가지 않았어요."

교장 선생님은 심호흡을 하고는 말을 이었다.

"만약 여러분 중 그 아이가 어디로 갔는지 또는 그 아이에게 무슨 일이 있었는지 알고 있는 사람이 있다면, 지금 당장 나에게 알려 줘야 해요."

아무도 아무 말도 하지 않았다.

옆벽에 서 있는 마셜의 머릿속이 혼란스러움으로 소용돌이쳤다. 채드의 이름이 나오자 마셜은 온몸이 마비되어 버렸다. 머릿속에서 심장 고동이 메아리쳤다.

"어제 학교가 끝난 후 채드를 본 기억이 있는 사람 없어요?"

브랜트 선생님이 묻자, 교장 선생님이 어르는 말투로 덧붙였다.

"혹시 뭔가 보거나 들은 사람?"

마셜은 뭔가 말해야 한다는 것을 알았지만, 엄두가 나지 않았다.

로라 머스크랜츠가 천천히 손을 들었다.

브랜트 선생님이 말했다.

"그래, 로라."

"걔를 봤어요."

"어디에서?"

"리치먼드 거리에서요."

"채드가 너한테 무슨 말을 했니?"

"아니요. 저는 엄마 차 안에 있었어요. 그냥 차를 타고 지나갔어요. 교장 선생님께서 걔를 봤는지 물으셨잖아요. 그게 다예요."

마셜은 만약 어제 거기에 갔다면 로라가 자기도 봤을지 궁금했다.

"채드가 어느 쪽으로 가는지 봤니?"

"학교에서 나가서 오른쪽으로요. 그랬던 것 같아요. 우리는 반대쪽으로 갔거든요. 그래서 그 뒤로는 걔를 못 봤어요."

"또 누구 채드를 보거나 채드와 이야기한 사람 있어요? 학교가 끝난 후나 그 전에라도? 학교 끝나고 뭘 할지 채드가 말했어요?"

코디가 손을 들었다가 재빨리 내렸지만 이미 브랜트 선생님이 본 뒤였다.

"뭐 아는 것 있니, 코디?"

"걔가 뭘 할지 저한테 말한 셈인데요, 그걸 말하려니까 마음이 편치 않아서요."

"뭐라고 말했지, 코디?"

교장 선생님이 다그치듯 물었다.

"창피하거나 마음이 편치 않은 것을 걱정할 때가 아니야."

"좋아요. 교장 선생님께서 물으시니까."

코디는 어깨를 한 번 으쓱하고는 내처 말했다.

"마셜을 두들겨 팰 거라고 말했어요."

교실 뒤쪽 구석에서 소리를 죽인 웃음이 나왔지만, 색스턴 선생님이 눈길을 한 번 보내자 잠잠해졌다.

코디가 마셜을 보며 말했다.

"미안, 친구. 걔가 그렇게 말했어."

그제야 색스턴 교장 선생님은 고개를 돌려 벽에 기댄 채 어색하게 서 있는 마셜을 바라보았다.

"마셜, 이번 일에 대해 뭐 아는 것 있니?"

마셜이 할 수 있는 반응이라고는 겨우 어깨를 으쓱하는 것뿐이었다. 마셜은 몸이 떨리는 것을 간신히 참았다.

"어제 집에 가는 길에 채드를 만났니?"

마셜은 고개를 가로저었다.

"채드가 너를 찾는다는 것은 알았니?"

"아니요."

"채드를 아예 안 봤어?"

"평소처럼 걸어서 집으로 갔습니다. 채드는 거기 없었습니다."

교장 선생님은 마셜을 오랫동안 물끄러미 바라보았다.

"채드가 왜 너하고 싸우고 싶어 했는지 아니? 그 전에 무슨 일이 있었던 거야?"

마셜은 고개를 가로저었다.

앤디가 말했다.

"채드가 일 년 내내 마셜을 괴롭혔어요. 아무 이유도 없이."

로라가 스스로 나서서 말했다.

"마셜은 아무것도 안 했어요. 채드가 그냥 못되게 굴었어요."

색스턴 교장 선생님은 또다시 마셜을 오랫동안 물끄러미 바라본 다음, 눈길을 다시 다른 아이들에게로 돌렸다.

"누구든 뭐라도 생각나는 것이 있거나 아무리 사소한 것이라도 채드가 하거나 말했을 것 같은 게 있거나 다른 사람이 채드에 대해 말한 것이 생각나면, 브랜트 선생님이나 나한테 알려 주세요. 개인적으로 얘기하고 싶다면, 교장실로 찾아와도 좋아요. 열심히 생각해 보세요. 그리고 나를 찾아오는 것을 두려워하지 마세요. 여러분이 나한테 한 말은 뭐든 철저히 비밀로 할 테니까요."

교장 선생님이 교실 밖으로 나갔다. 곧바로 모든 눈길이 마셜에게로 쏠렸다.

마셜은 재빨리 자기 자리로 돌아갔다. 화이트보드의 방정식은 풀지 못한 채로 남아 있었다.

16

11월 3일 수요일
오전 10:15

래설리 부인이 약솜과 과산화 수소수로 타마야의 손에서 피를 닦아 냈다. 그러고는 꾸짖는 투로 말했다.

"긁으면 안 된다."

"안 긁었어요."

"긁을수록 상태가 나빠져. 발진이 번지기만 할 뿐이야. 게다가 피부가 손상될 때마다 감염 가능성이 있어."

"안 긁었어요."

타마야가 같은 말을 되풀이했다.

타마야는 사무실 안 벽감실(벽면을 오목하게 파서 만든 공간 ─ 옮긴이)에 있는 플라스틱 의자에 앉아 있었다. 벽감실에는 사무용 프린

터와 커피메이커가 있었다. 그리고 프린터 옆 선반에 의료품들이
있었다.

래설리 부인은 학교에서 주로 전화를 받거나 컴퓨터 작업을 했
지만 아픈 학생을 돌보거나 응급 처치를 하는 것 또한 부인의 몫
이었다.

타마야가 사실대로 말했다.

"조금 문지른 것 같기도 해요. 하지만 간지럽지는 않아요. 따끔
거리기만 해요. 엄청 차가워진 손을 따뜻한 물에 넣었을 때 느낌
아시죠? 가시로 찌르는 것 같은 것. 그런 느낌이에요."

"으응."

래설리 부인이 구급상자를 선반에서 내리면서 대꾸했지만, 타
마야 말을 귀 기울여 들은 것 같지는 않았다.

타마야는 래설리 부인이 상자 뚜껑을 열고 여러 종류의 연고를
꺼내서 라벨을 읽은 다음 도로 넣는 모습을 지켜보았다. 그러면서
래설리 부인이 제발 서둘러 주기를 바랐다. 빨리 돌아가서 글짓기
를 끝마치고 싶었기 때문이다.

타마야는 호프와 제이슨과 모니카가 차례로 필버트 선생님에게
풍선 부는 법을 읽어 주는 모습을 상상했다. 풍선이 선생님 입에서
튀어 나가 뱅글뱅글 돌면서 교실을 가로질러 날아가는 모습이 그
려졌다.

'이건 불공평해. 왜 나는 늘 재미있는 순간에만 그 자리에 없는

걸까?'

늘 이런 식이었던 것 같았다. 호프의 생일 파티는 필라델피아에 가는 주말이었기 때문에 놓쳤다. 그리고 필라델피아에 있는 유일한 친구인 케이티가 자기 가족과 함께 교외로 말을 타러 가자고 초대했을 때는 필라델피아에 가지 않는 주말이었다.

프랭크스 교감 선생님이 들어왔다.

"안녕, 타마야. 너 아픈 거 아니지? 응?"

"네. 그냥 발진이에요."

"다행이구나. 우리도 너의 완벽한 기록이 깨지는 걸 보고 싶지 않아."

교감 선생님은 타마야에게 윙크를 했다.

타마야는 얼굴이 달아올랐다. 얼굴이 빨개지지 않게 하려고 무지 애썼다. 타마야의 친구들은 모두 프랭크스 선생님이 영화배우 뺨치는 미남이라고 생각했다. 서머는 선생님 뒷덜미에 문신이 있다고 철석같이 믿었다. 그래서 선생님이 늘 양복을 입고 넥타이를 한다고 했다. 그리고 어떤 문신인지는 모르지만 **부적절한** 것이 틀림없다고 했다. 만약 색스턴 교장 선생님이 알게 되면 교감 선생님을 해고시킬지도 모른다고도 했다.

프랭크스 선생님이 커피를 따르려고 고개를 숙였다. 타마야가 선생님 목을 슬쩍 보았지만, 아무것도 없었다. 타마야는 정말로 문신이 있는지 의심스러웠다. 하긴 서머가 어떻게 그것을 알겠는가?

그리고 교장 선생님이 모를 리가 있겠는가?

"손 내밀어 봐."

래설리 부인이 말했다.

타마야는 프랭크스 교감 선생님이 벽감실을 떠나기를 기다렸다. 흉측한 발진을 보여 주고 싶지 않았기 때문이다.

"엄마의 핸드크림을 발라 봤는데 효과가 없었어요."

"이건 효과가 있을 거야."

래설리 부인이 안심시켰다.

래설리 부인이 연고를 바를 때, 타마야는 거꾸로 뒤집어진 채로 연고 라벨을 읽어 보았다. '히드로코르티손 1%'. '초강력'이라는 문구를 보고 나니 믿음이 생겼다.

"애완동물 키우니?"

"쿠퍼요. 제가 키우는 개예요."

"쿠퍼에 대해 알레르기가 있는 것 같지는 않니?"

"아니요!"

타마야는 큰 소리로 대답했다. 만약 그렇다면 정말 끔찍한 일이 될 것이다. 쿠퍼는 아빠 집에서 누릴 수 있는 것 중 최고였으니까. 타마야는 쿠퍼와 한 침대에서 잤다. 쿠퍼가 얼굴을 핥아 잠에서 깨는 경우도 많았다.

"쿠퍼가 최근에 어떤 문제가 있거나 하진 않았니? 벼룩이나 진드기가 있거나 기생충 때문에 피부병이 생겼다거나."

"안 그랬으면 좋겠는데요."

래설리 부인은 어리둥절한 표정을 지었다.

"있었다는 거니, 없었다는 거니?"

타마야는 한 달에 한 번 주말에만 쿠퍼를 만난다고 설명했다.

래설리 부인은 화가 난 듯했다.

"타마야, 나는 지금 발진의 원인을 찾아내려고 애쓰고 있어. 네가 쿠퍼랑 가까이 지내지 않았다면 확실히 쿠퍼는 발진이랑 상관없겠지."

"죄송합니다."

타마야는 바보가 된 기분이었다.

두 집을 오가며 지내는 것은 이따금 타마야를 혼란스럽게 했다. 그것은 두 삶을 오가는 것과 비슷했다. 반쪽짜리 삶 두 개. 그 둘을 합해도 온전한 삶 하나와 같지 않았다. 뭔가가 빠져 있는 것만 같았다.

래설리 부인은 타마야의 손에 거즈를 둘렀다.

"최근에 손댄 것 중에 뭐 생각나는 것 없니? 세제 같은 거랄지."

타마야는 수상한 진흙 이야기를 해야 할지 확신이 서지 않았다. 마셜을 곤란하게 하고 싶지는 않았다. 하지만 의사나 간호사에게는 사실대로 말하는 게 중요하다는 것을 알았다. 래설리 부인이 비록 정식 간호사가 아니라 시간제로 일하는 보건 교사이기는 했지만 말이다.

"음, 솜털 같은 진흙이 있었어요."

타마야는 사실대로 털어놓았다.

하지만 래설리 부인은 진흙에는 아무 관심을 보이지 않고 이렇게 물었다.

"땅콩이나 땅콩버터 먹었니?"

타마야의 마음은 계속 솜털 진흙에 꽂혀 있었다. 모든 것이 순식간에 일어났지만, 머릿속에서 슬로 모션으로 재생해 보자, 자신이 타르 같은 흙을 한 움큼 집어 드는 모습이 보였다. 진흙이 따뜻했다는 사실이 어렴풋이 기억났다.

"최근에 땅콩이나 땅콩버터 먹었니?"

래설리 부인이 거듭 물었다.

타마야는 어쩔 수 없이 질문에 집중할 수밖에 없었다.

"어제 땅콩버터 젤리 샌드위치를 먹었어요. 아, 그저께였나?"

"알레르기일 수도 있겠다. 다음에 병원에 가면, 어머니께 말씀드려서 알레르기 검사를 받아 보렴. 나라면 그때까지 땅콩버터 샌드위치는 안 먹을 것 같구나."

"엄마는 딸기 잼을 직접 만드세요. 진짜 딸기로요. 어쩌면 그 잼에 알레르기 반응을 보이는지도 모르겠어요."

"그럴 수도 있지."

"학교 끝나고 엄마가 저를 병원에 데려가실 거예요."

"잘됐네."

래설리 부인은 타마야의 손가락을 하나하나 붕대로 감았다. 이어서 손바닥과 손목까지 붕대를 감았다.

"느낌이 어떠니?"

타마야는 손가락을 꼼지락거려 보고는 농담을 했다.

"미라가 된 것 같아요."

래설리 부인은 빙긋이 웃었다.

"너한테 먹는 알레르기 약을 주고 싶지만, 그러려면 어머니 허락을 받아야 해. 내가 연락드려 볼게. 점심 먹고 나서 한 번 더 오렴."

타마야는 그러겠다고 했다.

"그리고 명심해. 절대로 긁지 마!"

$$2 \times 1{,}024 = 2{,}048$$
$$2 \times 2{,}048 = 4{,}096$$

17

11월 3일 수요일
오전 10:45

타마야가 다시 필버트 선생님의 교실로 돌아갔을 때, 아이들은
이미 수학 수업을 들으러 가고 없었다. 게시판에 빵빵하게 분 풍선
두 개가 테이프로 붙어 있었다. 타마야는 샘과 래쇼나만이 풍선 부
는 법을 제대로 설명하는 데 성공했다는 사실을 나중에 들었다. 호
프의 말에 따르면, 샘과 래쇼나의 설명도 완벽하지는 않아서 필버
트 선생님이 방법을 살짝 바꾸고 나서야 풍선을 제대로 불 수 있
었다고 했다.

오전 내내 그 풍선 두 개를 힐끔힐끔 쳐다보면서 타마야는 가슴
이 쓰릴 만큼 실망했다. 나는 더할 것도 뺄 것도 없이 완벽하게 쓸
수 있었는데.

타마야는 왼손으로 글씨를 써야 했다. 하지만 그것은 거의 불가능한 일이었다. 그나마 수학 시간이어서 다행이었지만, 숫자 2를 쓰기도 무척 힘들었다.

호프가 물었다.

"너, 손이 어떻게 된 거야?"

타마야는 속삭여 대답했다.

"땅콩버터를 먹으면 안 된대."

"땅콩버터 때문에 손에 피가 났다고?"

타마야는 어깨를 으쓱했다. 굳이 자세하게 이야기하고 싶지 않았기 때문이다. 상대가 호프라면 더더욱 그랬다. 하지만 발진이 땅콩이나 땅콩버터와 상관이 있으리라고는 생각하지 않았다.

솜털 진흙 때문인 게 틀림없었다.

$$2 \times 4{,}096 = 8{,}192$$
$$2 \times 8{,}192 = 16{,}384$$

우드리지 사립 학교에서는 비닐봉지 사용이 금지되어 있었다. 그렇다고 3학년 이상의 학생들이 남들 다 보이도록 도시락 통을 손에 들고 다닐 수는 없는 노릇이었다. 타마야와 친구들은 재사용이 가능한 천 가방에 도시락을 넣고 다녔다.

모니카의 도시락 가방은 검은색 천에 평화를 상징하는 도안이

가짜 다이아몬드로 꾸며져 있었다. 호프의 가방 역시 검은색에 빨간색 하트가 있었다. 타마야의 가방은 평범한 흰색이었는데, 세탁기와 건조기를 수없이 오간 결과로 귀퉁이가 해어져 있었다.

타마야와 친구들은 식당으로 가는 계단을 내려갔다.

호프가 말했다.

"걔들이 손에 왜 붕대를 감았는지 물으면, 발진 때문이라고 말하지 마."

타마야는 '걔들'이 누구인지 알 수 없었다. 그냥 식당에 있는 다른 아이들을 말하는 것이라고 짐작했다.

"발진은 역겨워."

모니카가 맞장구를 쳤다.

호프가 말했다.

"네가 혼자 연필로 찔렀다고 말해."

"그것도 역겨워."

타마야가 지적하자, 모니카가 대꾸했다.

"하지만 남자애들은 그런 걸 좋아하잖아."

타마야는 아직도 친구들이 무슨 얘기를 하는지 알지 못했다.

서머 혼자 다른 반이라서 식당 앞에서 셋을 기다리고 있었다. 서머가 타마야를 보고 물었다.

"너, 뭔 일 있었니?"

타마야가 뭐라고 말하기 전에 모니카가 대답했다.

"자기 연필에 찔렸대."

서머는 무척 걱정스러운 표정을 지었다.

"왜?"

"그냥."

이번에는 호프가 대답했다.

"그런 거 아니야."

타마야가 속삭였다.

넷은 그렇게 식당으로 들어갔다.

"저기 오빠들이 있는 것을 못 본 것처럼 행동해."

어제 앉았던 바로 그 탁자를 향해 가면서 모니카가 말했다. 고학년 남학생들이 이미 그곳에 앉아 있었다. 고학년들 점심시간은 중학년보다 14분 먼저 시작했다.

타마야는 남학생 무리 속에 채드가 보이지 않자 마음이 놓였다. 하지만 채드가 어디에 있는지 궁금하기도 했다. 주위를 둘러보니, 마셜도 보이지 않았다. 타마야는 제발 나쁜 일이 일어나지 않았기를 바랐다.

모니카가 날카롭게 속삭였다.

"오빠들 보지 마!"

서머가 말했다.

"우리는 그냥 늘 앉는 자리에 앉은 거야."

호프가 말했다.

"오빠들도 마침 같은 자리에 앉게 된다면, 음, 그건 그냥 우연의 일치일 뿐이야."

타마야는 입술을 깨물었다. 친구들이 언제 남학생들 옆에 다시 앉기로 결정했는지 궁금했다. 어쩌면 그런 이야기를 아예 나누지 않았을 수도 있었다. 그런 건 그냥 당연히 알아야 하는 것인지도 몰랐다.

넷은 남학생들에게 눈길 한번 주지 않으면서 기다란 의자를 넘어 탁자 앞에 앉았다. 타마야는 계속 눈을 내리깔고 있었다.

남학생 하나가 물었다.

"쟤는 왜 저러니?"

서머가 고개를 돌려 남학생들이 거기에 있었다는 것을 이제 막 알았다는 듯이 말했다.

"아, 안녕하세요?"

모니카가 말했다.

"타마야는 연필에 찔렸어요."

모니카가 말했다. 모니카는 질문을 한 남학생에게 미소를 짓고 있었다.

호프가 말했다.

"연필이 살을 뚫고 들어가서 반대쪽으로 나왔다니까요!"

"대단하다."

타마야는 고개를 푹 숙인 채 도시락만 바라보았다. 모두 자기를 보고 있다는 것을 알았다. 할 수만 있다면 천 가방 안으로 기어 들어가고 싶었다.

타마야 옆에 있는 남학생이 물었다.

"아프지 않았니?"

타마야의 심장이 아주 빠르게 뛰었다. 타마야는 도시락만 뚫어져라 보았다. 샌드위치, 주스 팩, 시리얼 바, 통에 담긴 과일 조각 등이 있었다.

서머가 말했다.

"당연히 아팠겠지요. 그걸 말이라고 해요?"

남학생은 타마야의 멀쩡한 쪽 팔꿈치를 툭 치며 물었다.

"왜 그랬어?"

타마야는 있는 용기, 없는 용기 죄다 끌어모아 고개를 들어 남학생을 보았다.

"그럼 안 되나요?"

남학생은 타마야를 물끄러미 바라보았다. 타마야의 대답이 꽤나 인상적이었던 게 틀림없었다.

타마야는 미소를 지었다.

적어도 이제 타마야를 범생이로 생각하는 사람은 없었다.

남학생 하나가 물었다.

"참, 너희들 채드 이야기 들었니?"

타마야는 1,000볼트 전기에 감전된 것 같았다.

"뭐요?"

타마야가 묻자 옆에 있는 남학생이 대답했다.

"없어졌어."

다른 남학생이 말했다.

"어제 오후에 실종됐어. 집에 안 왔다더라."

이어서 남학생들이 여기저기서 동시에 말했다.

"경찰이 찾고 있어."

"어딘가에서 감옥에 갔을 거야."

"도둑질을 했잖아. 차 한 열 대는 훔쳤을걸?"

타마야는 머리가 핑글핑글 돌았다. 다시 한번 타마야는 마셜을 찾아 식당을 둘러보았다.

호프가 말했다.

"만약 감옥에 있으면, 경찰이 그 오빠가 어디에 있는지 알지 않을까요?"

"자기 이름을 말하지 않았으면 그렇지도 않지."

타마야의 두려움이 되살아났다. 전보다 훨씬 강한 두려움이었다. 발진이나, 찢어진 스웨터나, 엄마에게 거짓말해야 하는 것이나, 채드에게 두들겨 맞을 것 같은 두려움 때문이 아니었다. 그 모든 것보다 훨씬 나쁜 어떤 것 때문이었다.

어떤 직감이 들었다.

타마야는 일어섰다. 하지만 곧바로 현기증이 나 탁자 모서리를 잡아야 했다.

"너 괜찮니?"

서머가 물었다.

타마야는 도시락을 챙겨 들었다. 그러고는 하마터면 의자에 걸려 넘어질 뻔하면서 탁자를 떠났다. 마셜을 찾아야 했다!

모니카가 말했다.

"어디 가?"

타마야가 애타게 마셜을 찾으며 식당을 가로질러 갈 때, 다른 아이들 무리가 채드에 대해 이야기하는 소리가 들렸다.

"학교 건물 꼭대기까지 올라가기는 했는데, 거기에서 한 발짝도 움직일 수 없어서 못 내려오고 있대."

"오토바이 갱단에 들어가서 멕시코로 가고 있대."

"칼싸움에 뛰어들어 기억 상실증으로 병원에 누워 있다니까. 자기 이름도 잊어버렸대."

아이들은 채드에게 무슨 일이 일어났든 전부 채드의 잘못이라고 생각하는 듯했다. 채드는 나쁜 아이이고, 나쁜 아이들은 나쁜 짓을 하고, 나쁜 아이들한테는 나쁜 일들이 일어나는 법이니까.

정말로 비난을 받아야 하는 사람이 착한 아이일 거라고는 아무도 의심하지 않았다. '평생 딱 한 번 나쁜 짓을 한, 완벽한 출석을 자랑하는 범생이!'

타마야는 복도를 지나 밖으로 나가는 문을 열었다. 찬 바람이 반

가웠다. 타마야는 숨을 깊이 들이마시면서 축구장 너머 숲을 바라 보았다.

채드는 저 너머 어딘가에 있었다. 확실했다.

그렇지 않고서야 어떻게 타마야와 마셜이 채드한테서 그렇게 쉽게 도망칠 수 있었겠는가? 타마야가 채드의 얼굴에 솜털 진흙 덩어리를 문질렀기 때문이었다. 마음 깊은 곳에서 타마야는 이 모든 진실을 알고 있었음에 틀림없다.

타마야는 붕대를 보았다. 발진뿐만 아니라 죄책감까지 덮고 있는 붕대. 타마야의 손에 어떤 일이 일어나고 있든지 간에, 채드의 얼굴은 그보다 열 배는 더 심각할 것이 틀림없었다.

마셜이 보였다. 남학생 무리에 섞여 농구를 하고 있었다. 타마야가 누군가를 보고 이렇게 마음이 놓이기는 처음이었다.

"마셜 오빠!"

타마야는 농구장을 향해 뛰어가면서 마셜의 이름을 두 번 더 불렀다.

"나하고 얘기 좀 해!"

마셜은 타마야의 말을 들은 척도 하지 않았다.

남자아이들이 농구장을 뛰어다녔다. 농구공이 공기를 가르고 날아가 골대를 맞고 떨어졌다. 그러자 아이들은 다시 반대쪽 골대를 향해 뛰어갔다.

타마야가 소리쳤다.

"아, 제발 좀!"

타마야는 마셜이 학교에서는 자기와 이야기를 나누고 싶어 하지 않는다는 것을 알았지만, 그것은 더 이상 말이 되지 않았다. 지난 이틀 동안 타마야는 고학년 남자아이들과 함께 점심을 먹었다. 그 남학생들은 다른 사람들이 보는 앞에서 타마야와 함께 있어도 아무렇지 않은데 왜 마셜은 그걸 창피해한단 말인가? 여자한테 무슨 '몹쓸 균'이 있는 것도 아닌데.

타마야는 마셜을 향해 소리를 질렀다.

"중요한 일이야!"

누군가 마셜에게 공을 던졌다. 마셜은 공을 받은 다음 타마야를 힐끔 보고는 드리블을 두 번 한 다음 다른 아이에게 패스했다.

남자아이들은 모두 셔츠만 입고 있었다. 타마야는 아무렇게나 벗어 놓은 파란색 스웨터 무더기를 넘어 마셜과 가까운 사이드라인으로 가서 눈을 맞추려 했다.

마셜은 한사코 타마야를 보지 않았다.

타마야는 붕대를 두른 손을 찬찬히 살펴보며 생각했다.

'어쩌면 내 몸에 진짜 몹쓸 균이 있을지도 모르겠다.'

공이 백보드 모서리를 맞고 타마야 쪽으로 날아왔다. 타마야는 뒤쫓아 가서 공이 통통통 세 번 튀었을 때 잡았다.

남자아이 한 명이 공을 받으려고 두 손을 내밀며 타마야에게 다가왔다.

"마셜 오빠하고 얘기할 게 있어요."

"야, 그냥 공이나 줘."

타마야는 공을 가슴팍에 꽉 끌어안았다.

"야, 도대체 뭐가 문제야?"

남자아이가 다그쳤다.

마셜이 타마야 쪽으로 오며 말했다.

"성가시게 좀 굴지 마."

"채드가 실종됐어."

타마야는 큰 소리로 말했지만, 이내 마셜도 모를 리가 없다고 생각했다.

"그래서?"

마셜은 그렇게 대꾸하고는 공에 손을 댔다. 타마야는 순간적으로 공을 꽉 잡았다가 곧 손에 힘을 빼고는 공을 가져가도록 내버려 두었다.

타마야는 틈틈이 눈길을 숲으로 돌리면서, 농구장 옆에서 시합이 끝나기를 기다렸다. 고학년 점심시간은 중학년보다 14분 먼저 끝났고 드디어 종이 울렸다. 타마야는 남학생들이 스웨터를 입는 동안 물러서 있다가 천천히 마셜에게 다가갔다.

"왜?"

마셜이 쏘아붙이듯이 말했다.

"채드를 마지막으로 본 사람이 우리야. 누구에게든 말해야 해."

다른 아이들은 학교 건물로 향하고 있었다.

"안 돼, 타마야."

마셜이 단호하게 말했다.

"아무한테도 말하면 안 돼. 절대로. 봐, 채드는 나를 때린 녀석이야. 내가 걔를 때린 게 아니고. 게다가 이번 일은 우리랑 아무 상관없어. 어떤 식으로든. 걔는 가출을 했거나 뭐 그런 걸 거야."

타마야는 붕대를 감은 손을 높이 들었다.

"내 손 좀 봐!"

"알아. 네가 말했잖아. 엄마가 병원에 데려가신다며."

"잘 보라고!"

타마야는 소리를 빽 지르고는 붕대를 잡아당기고 반창고를 떼어 냈다.

안에 있는 거즈가 느슨해지자, 가루가 떨어졌다. 타마야가 아침에 침대에서 보았던 바로 그 가루였다.

마셜은 가루를 물끄러미 보았다. 타마야도 래설리 부인이 치료해 준 뒤로 발진이 얼마나 더 악화되었는지를 보고는 망연자실했다. 군데군데 피가 굳어 있었고 아직 피가 멎지 않은 큼지막한 물집들이 손가락 끝에서 손목 위까지 손 전체를 뒤덮고 있었다. 더 작은 종기들은 손과 팔꿈치 중간 정도까지 번져 있었다.

마셜이 말했다.

"이거…… 진짜 심각하구나."

타마야가 말했다.

"숲 속에 있는 진흙. 그게 위험한 것 같아. 그 진흙을 내가 이 손으로 집어서 채드의 얼굴에 발랐어."

타마야는 당장이라도 울음이 터지려는 걸 간신히 참았다.

"채드의 얼굴에!"

타마야가 새된 소리를 질렀다.

"그래서?"

"오빠는 채드가 어제 왜 우리를 쫓아오지 않았다고 생각해? 채드는 아직도 숲에 있는 거야. 다 내 탓이고!"

"확실한 건 아니잖아."

"색스턴 교장 선생님께 말씀드릴래."

"아니, 안 돼. 내가 교장 선생님께 어제 채드를 못 봤다고 이미 말했단 말이야. 뭐라고 말하려고? 우리 둘이 집으로 걸어가면서 너는 채드를 봤는데 나는 못 봤다고? 잘 생각해 봐, 타마야. '아, 이제 생각났어요, 교장 선생님. 어제 채드를 봤어요. 숲 속에서 걔가 나를 두들겨 팼어요. 제가 깜빡 잊었네요.'"

"다른 사람한테라도 말해야겠어."

"그냥 진흙이었어. 게다가 채드가 오토바이 갱단에 들어가서 멕시코로 가고 있다는 말을 들었어."

"사실이 아니라는 걸 오빠도 알고 있잖아."

"나는 아무것도 몰라. 너도 마찬가지고."

마셜은 타마야를 두고 혼자 가 버렸다. 타마야는 학교 건물로 향하는 마셜을 우두커니 바라보았다. 마셜은 한 번도 뒤를 돌아보지 않았다.

14분 뒤, 타마야는 여전히 농구장 옆에 서 있었고, 그때 점심시간 끝을 알리는 종이 울렸다. 타마야는 뭘 어떻게 해야 할지 몰랐다. 마셜을 곤경에 빠뜨리고 싶지는 않았지만, 누군가 뭔가를 해야 했다! 타마야는 가만히 서 있었다. 아이들이 타마야를 지나쳐 학교 건물로 돌아가고 있었다.

다시 한번 타마야는 숲을 가만히 응시했다. 그리고 축구장을 향해 한 발을 내디뎠다. 그리고 또 한 발.

처음에는 천천히 걸었다. 하지만 발걸음을 내디딜 때마다 속도가 점점 빨라졌다. 필버트 선생님이나 색스턴 교장 선생님은 생각하지 않으려고 애썼다. 타마야는 뛰기 시작했다.

손에 쥔 도시락 가방이 앞뒤로 흔들렸다. 도시락을 들고 나와서 다행이었다. 채드는 틀림없이 배가 고플 테니까.

$$2 \times 16{,}384 = 32{,}768$$

$$2 \times 32{,}768 = 65{,}536$$

18

11월 3일 수요일
오후 1:00

마셜이 친구들과 함께 농구를 한 것은 한 달 만이었다. 한 달 동안 마셜에게는 친구가 없었고, 그 한 달을 지우는 데는 하루면 됐다. 채드가 없는 **딱** 하루.

로라 머스크랜츠가 이렇게 말했었다.

'마셜은 아무것도 안 했어요. 채드가 그냥 못되게 굴었어요.'

이 말은 마셜이 평생 들은 것 중 가장 달콤한 말이었을 것이다.

그럼에도 불구하고 데이비슨 선생님 수업 시간에 채드의 빈 책상에서 세 자리 떨어진 자리에 앉으면서, 마셜은 흉측해진 타마야의 손을 머릿속에서 지울 수가 없었다. 피 묻은 거즈 조각이 물집이 난 살에 대롱대롱 매달려 있었다. 타마야의 눈빛도 떠올랐다.

그 눈은 마셜에게 올바르게 행동하라고 애원하고 있었다.

'이런, 이제야 좀 좋아지고 있는데, 여자애들은 왜 꼭 모든 것을 망치려 드는 거지?'

마셜도 올바른 행동이 무엇인지 알았다. 색스턴 교장 선생님이 교실로 들어와 아이들에게 채드가 실종되었다고 말했을 때 이미 그것을 알고 있었다.

교장 선생님에게 바로 그때 그 자리에서 진실을 말하지 않은 이유는 타마야가 곤경에 처하기를 바라지 않았기 때문이었다. 마셜은 스스로에게 그렇게 말했다. 타마야를 위해 침묵을 지켜야 했다고.

하지만 마음 깊은 곳에서, 마셜은 그것이 진실이 아님을 알고 있었다. 입을 다문 이유는 두려웠기 때문이다. 두렵고 창피했다. 하지만 이제 이렇든 저렇든 상관없게 되었다.

타마야가 필버트 선생님이나 색스턴 교장 선생님에게 사실대로 말하는 것은 시간문제라는 것을 마셜은 알았다.

교실에 있는 전화기가 울렸다. 마셜은 전화벨 소리가 뼛속 깊은 곳에서 진동하는 것 같았다. 통화를 하는 데이비슨 선생님을 보면서 마셜은 선생님 표정을 읽으려고 애썼다. 마셜의 다리가 책상 아래에서 덜덜 떨렸다.

데이비슨 선생님이 전화를 끊자, 마셜은 재빨리 눈길을 내리깔고는 펴 놓은 책에 집중하는 척했다.

"마셜, 교장 선생님께서 너를 교장실에서 보고 싶어 하신다."

예상했던 대로였음에도 불구하고 그 말에 마셜은 가슴이 철렁했다. 엉덩이를 뒤로 빼자 의자가 삐걱거렸다. 마셜은 침착한 척하려고 필사적으로 노력하면서 교실 밖으로 걸어 나갔다.

마셜은 계단을 오르기 시작했다. 도무지 말이 되지 않았다. 때린 사람은 채드인데, 곤경에 빠진 사람은 나라니!

모두들 불쌍한 채드를 무척 걱정했다.

"채드는 어디에 있을까?"

"너 채드 봤니?"

"걔랑 얘기해 봤니?"

"걔가 뭐라고 말했어?"

'채드가 실종됐다고? 잘됐다! 걔는 사라졌고, 나는 걔가 사라져서 기뻐!'

이렇게 생각한다고 마셜이 나쁜 사람이 되는 것일까?

마셜은 계단을 다 올랐다. 교장실은 오른쪽에 있었지만, 눈길이 반대쪽으로 끌렸다. 짧은 복도 끝에 작은 창이 달린 문이 있었다. 창으로 햇빛이 비쳤다.

마셜은 그 문을 한참 바라보았다. 어쩌면 사람들이 불쌍한 마셜을 걱정할 때가 되었는지도 모르겠다, 하고 마셜은 생각했다.

마셜은 문을 좀 더 응시하다 몸을 돌려 교장실로 향했다. 타마야가 맞았다. 진실을 말할 때였다.

교장 선생님 비서 래설리 부인이 마셜을 등지고 허리를 숙인 채로 서류 보관함에 서류철을 넣고 있었다.

"교장 선생님께서 저를 부르셨어요."

래설리 부인이 허리를 폈다.

"오, 안녕, 마셜. 너를 보니 반갑구나."

마셜은 그 말이 무슨 뜻인지 알쏭했다. 래설리 부인은 등을 가볍게 밀며 마셜을 교장실로 들여보냈다.

교장실 문은 열려 있었다. 책상에 앉아 창밖을 물끄러미 보고 있는 교장 선생님이 보였다.

마셜은 안으로 들어가 헛기침을 했다.

"저 부르셨어요?"

교장 선생님이 마셜을 돌아보았다.

"너, 타마야가 어디 있는지 알고 있니?"

예상했던 질문이 아니었다. 마셜은 아주 잠깐, 유도 심문을 하는 건가, 하고 생각했다.

색스턴 교장 선생님의 얼굴이 떨리고 있었다.

"알고 있어?"

"필버트 선생님 교실에 없어요?"

"없어. 점심시간 이후로 돌아오지 않았어. 너희 둘이 많은 시간을 함께 보낸다는 걸 난 알아."

"많이는 아니에요. 같이 학교에 걸어 다녀요. 음, 같은 동네에 살

거든요. 타마야 엄마가 걔한테 혼자 걸어 다니지 말라고 하셔서
요."

말을 하는 동안에도 마셜은 도대체 어떻게 된 일인지 머리를 바
삐 굴렸다.

"모니카랑 단짝이에요. 걔가 알 수도 있어요."

"모니카하고 얘기해 봤어. 타마야가 아무 이유도 없이 갑자기
식당을 나가서 돌아오지 않았다고 하더구나. 점심시간에 넌 어디
에 있었지?"

"밖에요. 농구를 했어요."

"타마야 봤니?"

"음, 잠깐만요. 농구장 옆에서 본 것 같기도 해요."

"타마야가 너한테 아무 말도 안 했어?"

"아, 생각났어요. 공이 밖으로 나갔고, 타마야가 공을 집었고, 제
가 가서 공을 받았어요."

"혹시 타마야가 일찍 집에 간다고 하거나 하지 않았니?"

"어, 걔 엄마가 데리러 오셔서 같이 병원에 갈 거라고 아침에 말
하셨대요. 발진이 엄청 심하게 났거든요. 엄마가 일찍 데려갔을 수
도 있겠네요."

"래설리 부인이 타마야 어머니에게 메시지를 남겼어. 지금 연락
오기를 기다리고 있어."

"타마야는 규칙을 꽤 잘 지켜요. 다른 사람한테 말하지 않고 학

교를 나가지는 않았을 거예요."

"알아. 그래서 더 걱정이야."

마셜은 기다렸지만, 교장 선생님은 오랫동안 아무 말도 하지 않았다. 교장 선생님은 마셜을 바라보고 있었지만, 마셜은 교장 선생님의 눈길이 자신을 통과해 지나가는 것처럼 느꼈다. 마치 자신이 아직 거기에 있다는 것을 교장 선생님이 잊어버리기라도 한 것 같았다.

이윽고 교장 선생님이 말했다.

"이제 그만 가 봐라."

마셜은 그 말이 떨어지기가 무섭게 교장실을 나갔다.

잠시 뒤, 색스턴 교장 선생님이 교내 방송으로 현재 학교가 통제 상태라고 발표했다. 모든 학생과 교사는 자기 교실에 있어야 하고, 교실 전등은 꺼야 하고, 문은 모두 잠길 것이라고 했다. 당분간 어느 누구도 학교 건물 안으로 들어올 수도, 밖으로 나갈 수도 없었다.

하지만 그때 이미 마셜은 옆문을 통해 밖으로 슬며시 빠져나간 상태였다. 탈옥하는 죄수처럼 마셜은 풀밭을 쏜살같이 가로질러 미친 듯이 담장을 넘은 다음 숲 속으로 사라졌다.

19

11월 3일 수요일
오후 1:10

숲 속을 걸어가는 타마야 주변에서 낙엽이 계속 떨어지고 있었다. 타마야는 어제 보았던, 뭐라도 낯익은 게 있는지 찾아다녔다. 그러면 적어도 자신이 올바른 방향으로 가고 있다는 것을 알 수 있을 테니까. 하지만 아무것도 눈에 띄지 않았다.

평소에 타마야는 관찰력이 무척 좋았다. 작고 세세한 것들을 놓치지 않고 잘 보았지만, 어제는 너무나 겁을 먹어 어떤 것에도 정신을 집중할 수가 없었다. 마셜 가까이에 따라붙는 데에만 온 정신을 집중했던 것이다. 유일하게 기억하는 것은 솜털 진흙이었다. 만약 진흙을 찾을 수 있다면, 채드가 그 근처에 있을 수도 있었다.

타마야는 이제 나무 그루터기, 흰 나뭇가지, 바위의 형태 등 어느 것 하나 놓치지 않고 기억하려고 애썼다. 망치로 널빤지를 군데 군데 박아 놓은 나무 한 그루가 있었다. 타마야는 눈에 보이는 모든 것을 마음에 새겼다. 채드를 발견한 후 돌아가는 길을 찾기 위해서였다. 타마야는 종종 멈춰 서서 고개를 뒤로 돌려 걸어온 길을 머릿속으로 되짚어 보았다.

"채애애애드!"

타마야의 목소리는 아주 크지도 강하지도 않았다. 필버트 선생님은 틈만 나면 타마야를 더 적극적인 아이로 만들려고 애썼다.

"타마야, 너는 좋은 아이디어를 많이 가지고 있어. 네 생각을 당당하게 말할 줄도 알아야 해."

타마야가 수업 시간에 뭔가 크게 읽어야 할 때마다 아이들은 안 들린다고 툴툴거렸다. 그리고 이따금 타마야가 운동장에서 모니카나 호프를 소리쳐 불러도 그 아이들은 듣지 못했다. 피구 경기장 맞은편에 있는 경우에도 말이다.

타마야는 다시 소리를 질렀다. 이번에는 끝소리에 힘을 더 실어 보았다.

"채애―애드!"

힘을 더 주니 목소리가 갈라질 뿐이었다.

나무껍질이 하얗고 가지에 죽은 잎사귀 몇 개만 남아 있는 나무가 보였다. 나뭇가지 하나가 학교로 돌아가는 길 쪽을 가리키고 있는 것 같았다. 타마야는 그 나무를 기억 속에 담아 두었다.

그 나무 너머 조금 뒤에 어둑한 진창이 보였다. 표면에는 솜털 같은 거품이 살짝 끼어 있었다.

타마야는 천천히 그쪽으로 향했다.

타마야가 보기에 어제 본 진흙 웅덩이 같지는 않았다. 문득 어제 본 진창은 언덕 비탈에 있었던 것이 생각났다. 이곳 주변 땅은 꽤나 평평했다.

타마야는 도시락 가방을 나뭇가지에 걸어 놓고는 진창으로 다가갔다. 어제와 마찬가지로 나뭇잎이 사방에서 떨어지고 있었지만, 진흙 위에만 없었다. 진창 가장자리에 무릎을 꿇고 앉으니 솜털 진흙에서 온기가 뿜어져 나오는 게 느껴졌다. 피부가 따끔거렸다. 하지만 불안한 기분 탓일 수도 있었다.

타마야는 손바닥만 한 나뭇잎 하나를 집었다. 그리고 잎자루를 잡은 채로 나뭇잎을 진흙 쪽으로 천천히 내렸다. 나뭇잎을 다시 올렸을 때, 위 절반이 완전히 사라지고 없었다. 타마야는 나뭇잎을 떨어뜨리고는 뒷걸음치며 일어섰다.

타마야가 도시락 가방을 가지러 갔을 때, 조금 더 멀리 떨어진 곳에도 솜털 진흙 웅덩이가 보였다. 그 너머에도 진창 두 곳이 더 있었다.

타마야는 나뭇가지가 학교 쪽을 가리키는 흰색 나무로 돌아갔다.

학교로 돌아가기에 너무 늦지는 않았다. 서두른다면 혼날 일은 없을 것 같았다. 래설리 부인에게 가서 알레르기 약을 받아먹고 손에 붕대를 새로 갈 수도 있을 것이었다. 그런 다음 래설리 부인에게 수업에 늦은 이유를 설명해 주는 확인서를 받으면 그만이었다.

나뭇가지가 학교 쪽을 가리키고 있었다. 타마야는 반대쪽으로 갔다.

"채애애애애드!"

타마야가 고함쳤다. 이번에는 목소리가 갈라지지 않았다. 타마야는 계속 숲 속 더 깊은 곳으로 갔다.

$$2 \times 65{,}536 = 131{,}072$$
$$2 \times 131{,}072 = 262{,}144$$

20

석 달 뒤

타마야가 채드를 찾으려고 숲 속으로 다시 들어가고 나서 석 달 뒤, 즉 이듬해 2월에 상원 에너지환경위원회가 일련의 청문회를 추가로 개최했다. 이 청문회는 비공개가 아니었다. 이때는 이미 전 세계에 선레이 농장과 바이올렌과 펜실베이니아 주 히스클리프에서 발생한 참사가 알려진 뒤였다.

질병통제예방센터 부센터장 피터 스미드 박사는 히스클리프 참사 청문회에서 다음과 같이 증언했다.

라이트 상원 의원　이 미생물의 정체를 확인할 수 있었습니까?

피터 스미드 박사　아닙니다. 당시에는요. 우리의 데이터베이스에 있는 어떤 것과도 일치하지 않았습니다.

라이트 상원 의원　박사님이나 질병통제예방센터 관계자들은 이 유형의 발진을 이전에 본 적이 있습니까?

피터 스미드 박사　그 또한 아닙니다. 저희는 치료법도 알지 못했습니다. 치료제가 없었지요.

라이트 상원 의원　그래서 격리를 지시하였나요?

피터 스미드 박사　제 건의를 받아 대통령께서 지시하셨습니다. 누구도 히스클리프나 인근 지역을 벗어나는 것이 허용되지 않았습니다. 우리 의사들과 과학자들까지 포함해서요. 일단 격리 지역 안으로 들어가면 다시 나올 수 없었습니다. 수천 명의 사람들이 감염됐습니다. 이미 다섯 명이 사망한 상황이었습니다. 숲 속에서 발견된 한 명 그리고 나중에 감염된 네 명, 이렇게 다섯 명이었죠.

푸트 상원 의원　여자아이 한 명 때문에요?

피터 스미드 박사　타마야 딜워디가 숲 속으로 들어가고 나서 일주일 후, 그 아이의 급우들을 비롯해 500명이 넘는 사람들이 발진 증세를 보였습니다. 하지만 그것이 타마야에 의해 전염되었다고 가정하는 것은 잘못되었다고 봅니다. 외래 침입 미생물이 이미 환경을 잠식한 상태였습니다. 첫눈이 내릴 무렵, 이른바 솜털 진흙은 히스클리프 전역의 잔디밭과 꽃밭에 퍼져 있었습니다.

21

11월 3일 수요일
오후 1:21

죽은 나무 한 그루가 몸통 일부를 부러진 나뭇가지로 지탱하며 옆으로 쓰러져 있었다. 마셜이 쓰러진 나무 위에 서 있었던 모습이 타마야의 머릿속에 번뜩 떠올랐다. 타마야는 그쪽으로 후다닥 달려갔다.

가까이 가 보니, 타마야가 기억하고 있는 나무보다 컸다. 굵은 가지 하나가 나무 몸통에서 거의 곧게 뻗어 나 있었다. 그 가지에서 다시 작은 가지가 여러 개 뻗어 나와 있었다. 어제 본 나무가 아니었다.

타마야가 제일 큰 나뭇가지 아랫부분을 움켜쥐자 나무껍질이 일부 부스러졌다. 타마야는 죽은 나무 위로 올라가 마셜이 했던 것처럼 주위를 둘러보았다. 저 앞에서 땅이 작은 도랑 쪽으로 가파르게 경사져 있었다. 도랑 맞은편에는 언덕 두 개가 솟아 있었다.

그중 하나가 타마야와 마셜이 채드를 남겨 두고 떠난 언덕일 수도 있을 것 같았다. 타마야는 작은 목소리가 광활한 삼림 지대에 퍼져 나가도록 손나팔을 하고 외쳤다.

"채애애애애애드!"

타마야는 마셜이 올라섰던 평평한 바위를 볼 수 있기를 바라며 두 언덕을 유심히 살펴보았다. 하지만 보이는 것이라고는 나무, 또 나무뿐이었다. 타마야는 나무 아래로 훌쩍 뛰었다.

왼발 밑이 철벅했다.

눈으로 확인하기도 전에 타마야는 자신이 무엇을 했는지 깨달았다. 타마야는 겁에 질려 왼발을 내려다보았다. 발목까지 솜털 진흙에 빠져 있었다. 빼내려고 애썼지만, 발은 꿈쩍도 하지 않았다. 진흙이 꽉 붙들고 있었다. 양말을 뚫고 스며드는 온기가 느껴졌다.

타마야의 오른발은 진흙 웅덩이 가장자리 땅에 안전하게 내려섰다. 타마야는 쓰러진 나무 쪽으로 크게 발을 내딛고는 죽은 나뭇가지를 붙잡았다. 그러고는 죽을힘을 다해 몸을 당기자 거칠고 뾰족한 나무껍질이 물집을 뚫고 들어왔다.

나뭇가지가 부러지는 것과 동시에 타마야의 발이 진창에서 빠져나왔다. 하마터면 뒤로 넘어져 진창에 다시 빠질 뻔했지만, 타마야는 반동을 이용해 나뭇잎으로 뒤덮인 마른땅에 내려섰다.

타마야는 곧바로 운동화와 진흙투성이 양말을 벗었다. 그 와중에 손가락에도 진흙이 묻자, 스웨터와 치마로 닦아 냈다.

타마야는 스웨터를 벗어 다리와 발을 꼼꼼히 닦았다. 스웨터를 발가락 사이에 끼우고 위아래로 닦았다. 눈에 보이는 건 모조리 닦아 낸 후에도 계속 여기저기 닦았다. 눈에 보이지 않는 것이 더 두려웠기 때문이다.

타마야는 진흙이 묻은 스웨터를 죽은 나무 위에 올려놓았다. 도시락 가방을 손에 쥐고 신발은 한 짝만 신은 채로, 타마야는 도랑으로 향하는 비탈을 계속 내려갔다.

"채애애—애애애애—애애드!"

$$2 \times 262{,}144 = 524{,}288$$
$$2 \times 524{,}288 = 1{,}048{,}576$$

22

11월 3일 수요일
오후 1:45

매 학년 초마다 우드리지 사립 학교 학생들의 부모나 보호자는 아주 많은 서류를 써내야 했다. 무엇보다 연락 가능한 전화번호와 비상 연락 정보를 학교에 제공해야 했다.

이제 그 전화번호들을 이용해 학년별로, 그리고 이름순으로 전화를 걸고 있었다. 프랭크스 교감 선생님과 래설리 부인이 차례차례 전화하는 소리가 교장실 안까지 들렸다.

"사고가 있었는데요……."

"댁의 아이는 아주 안전합니다. 저희는 그저 추가 예방 조치를 취하는 차원에서……."

"아니요. 어머님이 직접 오셔서 따님을 태우고 가셔야 합니다.

어머님의 아이를 대신 돌보는 분의 이름은 명단에 없습니다. 만약 어머님께서 서명한 위임장을 팩스나 이메일로 보내고 싶으시면…….

"내일까지는 결정 나는 게 없을 겁니다. 저희가 단체 이메일을 보낼 겁니다."

색스턴 교장 선생님은 자신도 거들어야 한다는 걸 알면서도 그럴 수 없었다. 방금 전에 래설리 부인의 메시지를 받고서 학교에 전화한 타마야의 어머니와 통화를 끝마친 탓이었다.

아니다. 타마야의 어머니는 점심시간 후에 딸을 데려가지 않았다. 그렇다. 어머니는 발진에 대해 알고 있고 타마야를 병원에 데려갈 계획이었지만, 그것은 학교가 끝난 다음의 일이었다.

'이게 다 어찌 된 일이지? 타마야는 어디에 있을까?'

딜워디 부인은 집으로 가는 길이었다. 타마야가 점심을 먹고 나서 아무한테도 말하지 않고 집으로 가기로 마음먹었기만을 바랄 뿐이었다. 하지만 타마야가 그랬을 리가 없다는 것을 사람들은 알고 있었다.

색스턴 교장 선생님은 턱이 덜덜 떨렸고, 눈앞이 눈물로 흐릿했다. 채드 힐리거스의 실종 소식을 듣자마자 통제 조치를 취하지 않은 자신을 탓했다. 바로 그때 그렇게 했어야 했다! 미온적인 대처보다 과도한 대처가 더 좋은 법이다.

하지만 교장 선생님은 채드가 어떤 아이인지 알았다. 그에게 어떤 일이 일어났든, 채드가 어디에 있든 그것은 학교의 다른 사람들과는 상관없을 것이라고 생각했다. 채드에게 관심이 없기 때문이 아니었다. 관심은 무척 많았다. 다만 그 아이의 실종을 다른 학생들에 대한 위험 신호로 받아들이지 않았을 뿐이다.

교장 선생님은 채드가 어머니와 함께 처음 교장실을 방문했던 때를 떠올렸다. 어머니는 개인 수표로 학비를 건네고는 채드 바로 앞에서 이렇게 단언했다.

"얘는 이제 교장 선생님의 문제입니다."

타마야는 달랐다. 채드와는 정반대였다. 선생님들을 존경하고 다른 사람들을 사려 깊게 대했다. 규칙도 잘 지켰다. 타마야는 선생님들이 특별히 신경 쓰지 않아도 되는, 그런 유형의 학생이었다. 바로 그 이유 때문에 타마야가 누구의 눈에도 띄지 않고 사라질 수도 있었겠다는 것을 색스턴 교장 선생님은 이제야 깨달았다.

색스턴 교장 선생님은 눈을 질끈 감았다. 이런 위기의 순간일수록 강해져야 했다.

'학생 두 명 실종. 학생 두 명 실종, 이틀 만에.'

세 번째로 실종된 아이가 나오지 말라는 법도 없었다. 색스턴 교장 선생님은 마셜이 무사히 교실로 돌아갔으리라고 생각했다. 데이비슨 선생님은 마셜이 아직도 교장 선생님과 함께 있다고 생각했다.

아무도 **불쌍한 마셜**을 걱정하지 않았다.

23

11월 3일 수요일
오후 2:00

차가운 맨발에 밟히는 땅은 대체로 부드러웠지만, 타마야는 낙엽 아래에 묻혀 있는 나뭇가지와 뾰족한 돌멩이를 피해 조심조심 발걸음을 옮겨야 했다. 발진은 오른팔 전체로 번졌고, 왼손에도 빨간색 종기들이 보였다. 온몸이 따끔거렸다. 하지만 그것이 진흙 때문인지 아니면 불안한 마음 때문인지는 확실치 않았다. 눈길을 돌리는 곳마다 또 다른 진흙 웅덩이가 보이는 것 같았다.

그렇지만 자신의 상태가 나빠질수록 채드는 그보다 열 배는 더 나쁜 상태이리라는 것을 타마야는 알았다. 적어도 타마야는 어제 집에 갈 수 있었다. 목욕을 하고 옷을 갈아입을 수 있었다.

"채애⋯⋯."

타마야는 소리치려다 말고 손으로 입을 가릴 뻔할 정도로 흑 놀랐다. 바로 앞에 죽은 동물이 누워 있었다. 몸이 솜털 진흙에 반쯤 덮인 상태였다. 타마야는 얼른 고개를 돌렸다.

너구리나 작은 개 같았다. 진흙 때문에 알아보기 어렵기도 했지만, 보고 싶지도 않았다.

타마야는 동물에서 멀찌감치 떨어져 빙 둘러 갔다. 발걸음을 조심스레 내디딜 때마다 발밑을 주의 깊게 살펴보았다.

타마야는 솜털 진흙에 대해 알고 있는 사람이 어딘가에 또 있을지 궁금했다. 타마야가 래설리 부인에게 말하려고 했지만, 부인은 땅콩버터를 더 걱정했다! 심지어 마셜도 진실을 받아들이지 않는 눈치였다.

이 세상에서 내가 그것을 알고 있는 유일한 사람일까? 그렇게 생각하자 타마야는 더럭 겁이 났다. 하지만 그 생각 때문에라도 타마야는 계속 가야 했다.

타마야 아니면 이 일을 또 누가 하겠는가?

타마야는 도랑 맞은편에 있는 두 언덕으로 가기로 결정했다.

"채애애애—애애애드! 여기에 있어?"

길이 점점 더 가팔라져서, 균형을 잃지 않기 위해 나뭇가지를 붙잡아야 했다. 타마야는 이 나무에서 저 나무로 옮겨 가며 도랑 쪽으로 내려갔다.

도랑에 가까워지자 나무가 줄어들고 땅은 더 가팔라졌다. 바로 아래에 도랑이 보였다. 도랑은 반 이상이 솜털 진흙으로 채워져 있었다.

타마야는 편안하게 앉는 자세를 취한 다음, 안에 있는 음식이 쏟아지지 않도록 도시락 가방 윗부분을 돌돌 말아 잡았다. 그러고는 진흙을 향해 미끄러져 내려갔다. 너무 빨리 내려가지 않기 위해 운동화 신은 발을 브레이크처럼 사용했다.

경사가 너무 심한 탓에 타마야는 옆으로 방향을 틀어 내려가기 시작했다. 몸을 안정적으로 지탱하기 위해 풀포기를 잡았지만 풀이 땅에서 뽑혀 버렸다. 그 순간 타마야의 몸이 홱 뒤집혀 배를 깔고 누운 상태가 되었다. 무릎이 삐죽삐죽한 돌멩이에 긁혔다. 발이 커다란 뭉우리돌에 쾅 부딪히고 나서야 타마야는 멈출 수가 있었다.

타마야는 몸을 지탱하기 위해 다시 풀포기를 움켜쥐었고, 그와 동시에 더 안전하게 버티기 위해 다른 쪽 발을 뭉우리돌에 조심스럽게 디뎠다. 뒤를 돌아보니, 고작 두세 발 거리에 도랑이 보였다. 도랑에서는 얇은 층을 이룬 솜털 거품이 마치 연기처럼 피어오르고 있었다.

그리 멀지 않은 곳에 진흙에 둘러싸인 바위가 보였다. 위가 평평한 게 도약대로 쓰기에 좋아 보였다. 도랑 폭은 1미터 80센티미터쯤 되는 것 같았다.

타마야는 평평한 바위를 향해 게처럼 움직여 비탈을 내려갔다.

미끄러지지 않으려고 손톱이 흙에 박힐 정도로 땅을 꼭 짚었다.

재빨리 움직여야 한다는 것을 타마야는 알았다. 0.5초만 머뭇거려도 진흙 속으로 빠질 판이었다.

타마야는 손으로 땅을 힘껏 밀어 몸을 일으켜 세우고는 뒤로 돌아 운동화를 신은 발로 힘껏 바위를 박찼다. 그렇게 점프를 했고 진흙을 아슬아슬하게 지나쳐 맞은편에 다다랐다. 그리고 가속도를 이용해 위로 기어 올라가 도랑에서 멀어졌다.

메마른 골짜기를 따라 다시 걷기 시작했을 때에야, 타박상을 입은 손과 팔, 무릎과 다리에 통증이 느껴졌다. 아까 미끄러져 내려올 때 셔츠가 말려 올라가는 바람에 배에도 할퀴고 긁힌 상처들이 있었다. 그럼에도 불구하고 타마야는 자신의 고통이 채드의 고통에 비하면 아무것도 아니라는 것을 알았다.

"채애애—애애애드!"

골짜기는 도랑 건너편에서 봤을 때처럼 두 언덕 사이를 타고 오르며 굽어져 있었다. 타마야는 마셜이 올라섰던 평평한 바위를 찾기를 바라며 양쪽 언덕을 번갈아 살폈다. 그 바위를 발견한다 해도 반드시 채드가 가까이에 있다고 장담할 수는 없어도 말이다.

"채애애애애애드!"

목이 말랐고, 약한 목소리가 훨씬 더 약해졌다.

그때 무슨 소리가 들리는 것 같았다. 타마야는 멈춰 서서 귀를 기울였다.

숲 속은 고요했다. 온 길을 되돌아보니 타마야는 이곳을 빠져나가는 길을 찾을 수 있을지 궁금했다. 도랑을 다시 건너고 싶지는 않았다.

소란스러운 소리가 들렸다. 잔가지가 부러지는 소리에 이어지는 발소리. 발걸음은 고르지 않았다. 누군가 비트적거리며 무거운 발걸음을 옮기고 있는 듯했다.

곧이어 채드가 보였다. 이리저리 얽힌 잔가지들과 가는 나뭇가지들을 헤치며 다가오고 있었다.

타마야는 온몸이 얼어붙었다.

"나 여기 있어!"

채드가 소리쳤지만, 목소리는 쉰 목으로 속삭이는 것보다 크지 않았다.

채드는 고르지 않은 숨을 크게 몇 번 들이마시고는 계속 타마야 쪽으로 다가왔다.

"나 여기 있어!"

채드가 다시 한번 힘없는 소리로 말했다.

채드의 얼굴은 물집과 고름과 말라붙은 피로 엉망인 데다, 심하게 부어 눈이 거의 안 보일 지경이었다.

타마야는 손으로 입을 막으려다 멈칫했다. 입술이나 혀에 발진이 번지면 안 될 일이었다.

채드가 더 가까이 왔다. 그리고 두세 발짝 앞에서 큰 소리로 말했다.

"너 어디에 있어?"

그러고는 털썩 무릎을 꿇더니 훌쩍이며 말했다.

"난 여기 있어. 너 어디에 있어?"

공포와 충격과 연민이 타마야를 억눌렀다. 이윽고 입을 뗐을 때 타마야는 다정한 목소리로 물었다.

"오빠, 배고파?"

$$2 \times 1{,}048{,}576 = 2{,}097{,}152$$
$$2 \times 2{,}097{,}152 = 4{,}194{,}304$$

24

히스클리프의 상황
(석 달 뒤)

숲 속에서 타마야가 채드를 발견하고 나서 석 달 뒤, 조너선 피츠먼은 히스클리프 참사 청문회에서 증언하기 위해 소환되었다.

선레이 농장 소속 변호사 도나 존스가 피치 옆에 앉았다. 그리고 조너선 피츠먼에게 **참사**라는 단어를 절대로 쓰지 말라고 지시했다. 그 대신에 '히스클리프의 상황'이라는 표현을 쓰라고 했다.

도나 존스 변호사　바이올렌과 히스클리프의 상황 사이에 어떤 상관관계가 있다는 증거는 없습니다.

라이트 상원 의원　바로 그것을 우리가 결정하려는 겁니다. 약 1년 반 전에 피츠먼 씨는, 이 위원회에서 처음 증언했을 때, 에르고님은 자연환경에서 생존할 수 없다고 진술했습니다. 맞지요? 공기 중에 있는 산소가 에르고님을 죽일 거라고 말했지요. 휙.

조너선 피츠먼 맞습니다. 저는 늘 그렇게 말했지요. 참사, 아니 히스클리프의 상황은 정말이지 소름 끼칩니다. 그 사람들을 생각하면 정말 안타까운 마음입니다만, 나의 에르기 탓이 아니었을 수도 있습니다.

라이트 상원 의원 명확하게 짚고 넘어가죠. 당신은 이 에르고님을 배양한 후에 다른 물질과 결합하여 바이올렌을 만들었습니다. 맞지요?

조너선 피츠먼 그보다는 훨씬 더 많은 것이 들어가지만, 의원님 말씀도 충분히 옳다고 생각합니다.

라이트 상원 의원 내 질문은 이겁니다. 바이올렌 용액 속의 에르고님은 여전히 살아 있습니까?

도나 존스 변호사 바이올렌과 히스클리프의 상황 사이에 어떤 상관관계가 있다는 증거는 없습니다.

라이트 상원 의원 그냥 궁금해서요. 바이올렌 속의 에르고님은 살아 있습니까?

조너선 피츠먼 네. 바이올렌이 에너지를 갖게 되는 것은 에르고님 덕분입니다. 에르고님의 생명력 때문이지요.

라이트 상원 의원 그리고 에르고님은 여전히 36분마다 증식을 하고 있습니까?

조너선 피츠먼 아니요. 일단 바이올렌 속에서 응집되면 세포 분열은 더 이상 일어나지 않습니다. 그렇지 않다면 혼합 비율이 모두 엉망이 되겠지요.

보세요. 의원님도 생각해 보십시오. 만약 에르기가 누군가를 죽일 것이라고 생각했다면, 저는 절대로, 절대로 그것을 세상에 내놓지 않았을 겁니다. 바이올렌은 인류를 구원하기 위한 것이었지 우리를 파괴하기 위한 것이 아니었습니다.

라이트 상원 의원　피츠먼 씨, 팔을 그렇게 마구 휘젓지 말아 주십시오. 당신 변호사를 칠 뻔했어요.

도나 존스 변호사　저는 익숙해 있습니다. 언제 몸을 피해야 하는지 알게 되었죠.

홀팅스 상원 의원　당신이 모든 종류의 안전 조치를 취했다고 진술한 것으로 알고 있습니다만, 이렇게 가정해 보죠, 피츠먼 씨. 그냥 바이올렌 중 일부가 쏟아져 나왔다고 가정해 봅시다. 그 액체 대부분이 증발할 것이라고 나는 추정하는데요.

조너선 피츠먼　네. 에르기는 분해될 것입니다.

홀팅스 상원 의원　그런데 만약 에르기가 죽지 않았다면? 자유롭게 된 에르고님이 다시 증식을 시작할 수 있을까요?

조너선 피츠먼　모르겠습니다. 만약 살아 있다면 그럴 수도 있겠지요. 하지만 액체가 증발하면 공기가 그것들을 죽일 것입니다. 바이올렌으로 운행하는 모든 차량은 진공 연료 분사 시스템을 갖춰야 합니다. 저는 현재 겨울에도 연료 탱크가 따뜻한 상태를 유지하게 만들 방법을 연구하고 있습니다. 엔진이 꺼지고 차가 얼음과 눈이 있는 야외에 주차되어 있더라도 말입니다.

홀팅스 상원 의원　당신은 작년에 에르고님이 36분마다 세포 분열을 일으킨다고 증언했습니다.

조너선 피츠먼 네, 바이올렌 속에 응집시키기 전까지는요.

홀팅스 상원 의원 늘 그렇게 몇 조에 달하는 세포 분열이 일어난다면, 돌연변이의 가능성은 없습니까?

도나 존스 변호사 바이올렌과 히스클리프의 상황 사이에 어떤 상관관계가 있다는 증거는 없습니다.

조너선 피츠먼 이걸 이해하셔야 하는데요, 돌연변이는 일어나게 마련입니다. 하지만 모든 사람이 온통 겁에 질릴 이유가 없습니다. 세포 분열이 일어날 때 보통 새 생물체는 원래 생물을 정확히 복제합니다. 하지만 돌연변이가 발생하면, 그건 어떤 결함이 있다는 뜻입니다. 무슨 이유 때문에든 복제가 정확하게 이루어지지 않았다는 거지요. 결함이 있는 생물체는 보통 생존하지 못합니다. 그걸로 끝이지요. 다른 에르기들은 지금까지 해 왔던 일을 계속하는 거고요.

홀팅스 상원 의원 하지만 에르고님이 산소 속에서도 생존할 수 있는 방식으로 돌연변이를 일으키는 것도 가능합니까?

조너선 피츠먼 그런 일이 일어날 확률은 1조분의 1일 겁니다.

홀팅스 상원 의원 1조분의 1. 좋습니다. 지난번에 이 자리에서 당신은 바이올렌 1갤런 안에 1,000조 이상의 에르고님이 있다고 증언했습니다. 그러니까 1,000조를 1조로 나누면 1,000입니다. 1조분의 1의 확률이면 바이올렌 1갤런당 자연환경에서 살아남을 수 있는 에르고님이 1,000마리는 된다는 뜻이 되겠군요.

조너선 피츠먼　아니요, 그렇지 않습니다. 제가 확률이 1조분의 1이라고 말했을 때 돌연변이의 숫자를 이미 감안했습니다. 의원님께서는 이중으로 곱셈을 하고 있는 셈입니다.

홀팅스 상원 의원　누군가 바이올렌 몇 방울을 흘렸고 보통의 에르고님들이 모두 곧바로 휙, 분해되었다고 가정해 봅시다. 하지만 생존할 수 있는 에르고님 한 마리가 남을 수 있지요. 그러면 36분 후 정확하게 똑같이 복제된 것이 만들어질 겁니다. 산소 속에서 살 수 있는 에르기가 두 마리가 되는 셈이지요. 그리고 36분 후에는 네 마리. 그리고 딱 하루만 지나도, 산소 속에서 생존하는 에르고님이 10억 마리가 넘을 겁니다. 그리고 그로부터 36분 후, 10억 마리가 더 생기고.

도나 존스 변호사　그것은 억측일 뿐입니다. 바이올렌과 히스클리프의 상황 사이에 어떤 상관관계가 있다는 결정적인 증거가 없다는 것에 우리 모두 동의할 수 있다고 저는 생각합니다.

홀팅스 상원 의원　무엇 때문에 겨울에 연료 탱크를 따뜻하게 유지할 필요가 있다는 결론을 얻게 되었지요?

도나 존스 변호사　피츠먼 씨는 바이올렌으로 작동하는 차들을 운전하는 사람들이 어떤 어려움도 겪지 않도록 확실히 해 두고 싶었을 뿐입니다.

조너선 피츠먼　이걸 이해하셔야 하는데요, 저는 어느 누구에게도 피해를 입히고 싶지 않았습니다.

홀팅스 상원 의원　불행하게도 많은 사람들이 피해를 입었습니다.

25

11월 3일 수요일
오후 2:12

우드리지 사립 학교에서 리치먼드 거리까지 죽 늘어선 차들 때문에 길이 막혔다. 차를 몰고 온 어머니와 아버지 대부분이 눈물을 흘리고 있었다. 그들은 실종된 아이들의 이름을 듣지 못했다. 다만 자기 아이들은 안전하다는 말만 들었다.

학교 현관에서 선생님들이 차량을 맞이했다. 선생님들은 먼저 운전자의 신원을 확인한 다음 해당 교실로 가서 학생을 데리고 나왔다. 부모의 예기치 않은 포옹과 입맞춤에 당황하는 아이들이 많았다.

제복을 입은 경찰관이 경계를 서고 있었다.

이 모든 과정은 더디게 진행되었고 점점 더 더뎌졌다. 차 한 대씩 학교 현관 앞에 서서 오랫동안 떠날 줄을 몰랐다.

좋았던 추억들을 가만히 회상하며 아주 오랫동안 참을성 있게 기다리던 한 아버지에게도 드디어 차례가 돌아왔다. 그는 맞이하러 온 선생님에게 존 월시라고 이름을 말했다. 그리고 운전 면허증을 보여 주면서 자신이 마셜 월시의 아버지라고 덧붙였다.

"걔는 7학년입니다."

선생님은 미소를 지으며 마셜을 4학년 때부터 알고 있다고 말했다.

"훌륭한 아이예요."

월시 씨는 기다렸다. 그리고 자신의 앞뒤에서 차들이 멈춰 서는 것을 지켜보았다. 아이들이 부모를 만나서 차가 떠나면 또 다른 차가 그 자리로 들어오기를 반복했다.

색스턴 교장 선생님의 목소리가 교내 방송을 타고 흘러나왔다. 교실 안에서뿐만 아니라 밖에서도 들렸다.

"마셜 월시, 교장실로 오세요."

월시 씨는 덜덜 떨렸다.

색스턴 교장 선생님의 목소리가 두 번째로 울려 퍼졌다. 조금 더 다급한 목소리였다.

"마셜 월시, 교장실로 와. 지금 당장!"

잠시 뒤, 선생님이 월시 씨의 차로 돌아왔다. 마셜이 아니라 경찰관과 함께.

26
11월 3일 수요일
오후 2:20

타마야는 몸을 떨면서 천 가방에서 주스 팩을 꺼냈다. 그리고 이로 빨대의 비닐 포장을 벗겼다.

채드는 부상당한 동물처럼 여전히 땅에 누운 채로 물집이 난 손으로 팔을 문지르면서 쉰 목소리로 말했다.

"뭐 해?"

"잠깐만 기다려."

타마야는 떨리는 손으로 뾰족한 빨대 끝을 주스 팩에 꽂기 위해 무척 집중해야만 했다.

"됐어. 손을 뻗어."

타마야는 주스 팩을 채드의 손에 쥐여 주었다. 그 와중에 채드의 손가락이 자기 손가락에 닿자 화들짝 놀랐다.

타마야는 채드가 빨대를 더듬거려 부어오른 입술 사이로 넣는 모습을 지켜보면서 치마에 손가락을 닦았다.

채드는 주스를 남김없이 마셨다. 팩이 안쪽으로 찌그러들 때까지 계속 빨았다.

"샌드위치 먹을래?"

타마야는 플라스틱 통의 뚜껑을 열었다. 빵의 딱딱한 가장자리를 잘라 내고 만든 땅콩버터 젤리 샌드위치였다. 타마야는 래설리 부인이 한 말을 떠올리고는 웃을 뻔했다.

'이런, 네가 알레르기가 없어야 할 텐데.'

갑자기 채드가 타마야에게 와락 달려들었다. 한 손으로 숨이 턱 막힐 만큼 목을 세게 눌렀다. 다른 손으로는 어깨를 움켜잡았다. 타마야가 비틀거리며 물러서는 사이, 채드는 타마야의 손에서 도시락 가방을 낚아챘다.

샌드위치가 땅바닥에 떨어졌다.

채드는 털썩 앉았다. 그리고 가방 안을 더듬어 시리얼 바를 꺼냈다.

타마야가 말했다.

"그럴 필요 없어. 내가 주려던 참이었어."

채드는 포장지를 찢어발기듯이 벗기고는 단 세 입에 시리얼 바를 먹어 치웠다.

"그러다 목 막히겠다."

채드가 마지막으로 남은 시리얼 바를 씹으면서 말했다.

"네가 누구인지 알겠어. 타마야, 마셜의 꼬맹이 친구."

"그래서? 내가 아니라고 말한 적 없는데."

"이 지경으로 만든 게 바로 너야. 너를 다시 보게 되면 어떻게 할지 다 생각해 놨어. 그런데 지금 네가 바로 내 앞에 있어."

타마야는 입술을 깨물었다.

"미안해. 진흙 때문에 눈이 멀게 될지는 몰랐어. 아무튼 오빠는 마셜 오빠를 두들겨 패지 말았어야 해. 그다음에는 나도 때리겠다고 했지만."

"내가 못 할 것 같아? 여자라서?"

"진흙 때문에 나도 문제가 생겼어. 손이랑 팔이 온통 물집으로 뒤덮였어. 아마 얼굴도 그럴 거야. 모르겠어. 진흙 속에 뭔가 진짜 나쁜 것이 들어 있는 게 틀림없어."

채드는 힘겹게 몇 차례 숨을 들이쉬었다.

"나를 찾고 있는 사람이 너 말고 또 있니? 내가 사라진 걸 사람들이 알기나 해?"

"학교 전체가 알고 있어. 모두들 오빠가 오토바이 갱단에 들어가거나 뭐 그랬을 거라고 생각해."

채드는 웃는 것 같은 소리를 냈다.

타마야는 둘 사이에 놓여 있는 샌드위치를 보았다. 줍고 싶었지만 채드에게 너무 가까이 가기가 두려웠다.

채드가 말했다.

"그동안 내내 나는 여기 있었어. 계속 생각했지. '아무도 모를 거야. 아무도 관심 없을 거야.' 계속 생각했어. '아무도 모를 거야. 아무도 관심 없을 거야.'"

"음, 오빠 부모님은 아시겠지."

"어쩌면."

"저녁 식사 시간에 나타나지 않으면. 아니면 잘 때라도."

"그래, 맞아. 아마도 이불을 덮어 주고 침대맡에서 이야기를 들려주려고 왔을 때."

채드는 또다시 일그러진 웃음소리를 냈다. 하지만 그 소리는 곧 토할 때 낼 법한 기침으로 변했다.

타마야는 채드가 정말 토할까 봐 걱정이 되었다.

기침이 멎었고, 채드는 짧은 숨을 몇 차례 몰아쉬었다. 그러고는 도시락 가방을 손에 쥔 채로 물었다.

"이 안에 또 뭐가 있어?"

"샌드위치는 땅바닥에 있어. 내가 주울게. 다시 달려들지 않겠다고 약속하면."

채드는 아무 말도 하지 않았다.

타마야는 채드를 주시하면서 가까이 다가갔다. 샌드위치는 대각선으로 썬 두 쪽이었다. 타마야는 허리를 숙여 한 쪽을 재빨리 줍고는 이어 다른 한 쪽을 집었다.

채드는 가만히 있었다.

타마야는 정성껏 흙을 떨어냈다.

"이제 오빠한테 샌드위치를 건네줄 거야. 잡아채지 않아도 돼."

타마야는 샌드위치 한 쪽을 내밀었다. 채드의 손이 타마야의 팔목을 꽉 잡았다.

타마야는 아무 소리도 내지 않았다.

채드는 타마야의 팔목을 비틀어 샌드위치를 가져갔다.

"왜 그렇게 못되게 굴어?"

채드는 샌드위치를 한 입 베어 물고는 다 삼키기도 전에 다시 한 입 물었다. 계속 씹고 있는 모습을 보면서 타마야는 채드가 삼키는 데 애를 먹고 있다는 것을 알아챘다.

"마실 것이 더 없어서 미안해. 가방 안에 과일 조각이 좀 있는데."

채드는 가방 안을 뒤적거려 플라스틱 통을 꺼냈다. 그러고는 입안에 든 마지막 샌드위치 조각을 삼키면서 얼굴을 찡그렸다.

"이거?"

타마야는 채드가 뚜껑을 손으로 더듬는 모습을 지켜보았다.

"그러다 쏟겠다!"

타마야는 재빨리 다가가 플라스틱 통을 집었다.

채드는 타마야가 하는 대로 가만히 있었다.

타마야는 뚜껑을 연 다음 통을 다시 채드에게 건넸다.

"사과하고 배야."

채드는 과일즙을 음미하면서 한 조각을 먹었다. 그러고는 샌드위치를 다시 한 입 베어 물고는 과일 한 조각을 또 먹었다. 이번에 베어 문 샌드위치 조각은 아까보다 작았다.

"잼은 집에서 만든 거야."

타마야의 말이 정적을 메웠다.

"진짜 딸기로. 가게에서 파는 것보다 설탕이 적게 들었어. 엄마가 만들었어."

타마야는 이 이야기를 왜 채드에게 하고 있는지 알 수 없었다. 바보가 된 기분이 들었다.

"맛있네."

채드의 말에 타마야는 놀랐다.

채드가 샌드위치 한 쪽을 다 먹자, 타마야는 남은 한 쪽을 마저 주었다.

"앞이 하나도 안 보여?"

"진짜 가까이 갔을 때만 보여. 뭔가에 부딪칠 만큼 가까이 말이야. 뭔가 앞에 있다는 걸 알아채는 순간, 픽!"

채드는 아까처럼 웃음 같은 소리를 냈다.

채드는 샌드위치를 조금 베어 물고는 배 한 조각을 먹었다.

"정말 추웠겠다. 잠은 좀 잤어?"

"네가 뭔데? 우리 엄마라도 돼?"

"괜한 참견 해서 미안해."

"너희 가족은 날마다 함께 저녁을 먹지? 그렇지?"

이 말은 질문이라기보다는 힐난이었다. 그래도 타마야는 대답을 했다.

"나하고 엄마하고만. 엄마가 늦게까지 일하지 않으시면. 부모님은 이혼하셨어. 형제는 없고. 아빠는 필라델피아에 사셔."

"엄마가 자기 전에 동화책 읽어 주지?"

역시 또 힐난이었다.

"이따금 번갈아 가며 서로 읽어 줘. 엄마는 내가 학교에서 배운 걸 알려 드리면 좋아하시거든."

타마야는 채드가 조롱하는 투로 뭔가 말할 거라고 예상했지만, 채드는 아무 말도 하지 않았다.

채드는 마지막 과일 조각을 먹고는 과일즙 한 방울까지 남기지 않으려고 통 밑바닥을 핥았다.

채드는 타마야가 빈 가방을 가져가도록 내버려 두었다. 타마야는 빈 통과 얼마 안 되는 쓰레기를 모두 모아 가방에 넣었다. 타마야는 아무 데나 쓰레기를 버리는 아이가 아니었다.

"아무도 모를 거야, 아무도 관심 없을 거야."

채드는 그렇게 중얼거렸다.

$$2 \times 4,194,304 = 8,388,608$$
$$2 \times 8,388,608 = 16,777,216$$

27

11월 3일 수요일
오후 2:41

마셜은 주운 작대기로 나무를 하나하나 때리면서 정처 없이 숲 속을 돌아다녔다. 그러다가 작대기를 반으로 부러뜨려 두 토막을 각각 반대 방향으로 던졌다.

왜 그랬는지는 마셜 자신도 몰랐다. 이제 마셜은 자신의 어떤 행동에 대해서도 그 이유를 알지 못했다.

왜 색스턴 교장 선생님에게 진실을 말하지 않았는지 몰랐다. 왜 학교에서 몰래 빠져나왔는지 몰랐다. 왜 숲으로 다시 왔는지 몰랐다.

타마야를 찾으러 온 게 아닌 것은 확실했다. 타마야가 채드를 찾으러 갔다면, 그것은 타마야의 문제였다!

그때는 그냥 도망쳤어야 했다. 학교로부터, 선생님들로부터, 모든 사람들로부터. 만약 자기 자신으로부터 도망칠 수 있었다면, 그렇게도 했을 것이다.

어떤 것도 도무지 말이 되지 않았다. 타마야는 채드가 학교에 나오지 않은 것을 반겨야 마땅했다. 교장 선생님은 채드가 무슨 수제자라도 되는 듯이 굴었다.

'어제 채드 본 사람 있어요? 채드하고 얘기 나눈 사람 있어요? 채드가 뭐라고 했어요? 채드가 어디로 가고 있었죠?'

'걔는 나를 두들겨 팰 참이었어요. 바로 그 장소로 가고 있었던 거예요.'

마셜은 낙엽을 발로 차며 생각했다.

'내가 어떻게 행동했어야 했지? 리치먼드 거리에서 채드를 만나서 콧물이 나올 때까지 두들겨 맞아? 그럼 모두 행복했을까?'

마셜은 돌멩이를 걷어차고는 재빨리 쫓아가 돌멩이를 주워 힘껏 멀리 던졌다.

앤디는 '채드가 일 년 내내 마셜을 괴롭혔어요. 아무 이유도 없이.'라고 말했었다.

'걔들은 다 알고 있었어. 앤디, 로라, 코디, 모두 다. 그런데 왜 아무도 아무것도 하지 않았지? 왜 나를 지켜 주지 않았지? 왜 매일매일 채드가 내 삶을 불행하게 만들도록 내버려 두었지?'

하지만 사실 이것은 질문이 아니었다. 마셜도 알았다. 진짜 질문은 이것이었다.

'왜 나는 나 자신을 스스로 지키지 않았지?'

그리고 마셜은 이 질문에 대한 답도 알았다. 채드가 말했던 것처럼 겁쟁이였기 때문이다. '손가락이나 빠는 겁쟁이!'

'만약 로라가 채드를 못된 아이라고 생각했다면, 나는 뭐라고 생각했을까? 아무것도 아닌 것. 채드가 발로 밟아 대는 벌레일 뿐.'

마셜은 타마야가 자신을 마치 영웅이라도 되는 듯이 우러러보았던 이유에 대해 생각해 보았다.

'영웅은 무슨 영웅? 영웅이 필요한 순간, 오히려 타마야가 나를 지켜 주었어. 채드의 얼굴에 진흙을 먹였지. 그리고 이제 채드를 찾아 나섰어. 내가 너무나 겁이 나서 색스턴 교장 선생님에게 진실을 말하지 않았기 때문에 말이야.'

마셜은 진흙에 관한 타마야의 이야기가 맞을지 생각해 보았다. 아닐 것 같았다. 진짜 위험한 것이었다면 누군가 경고문이나 뭐 그런 것을 세워 두었을 것이다. 타마야는 아마도 이상한 옻나무 같은 걸 만졌을 것이다.

마셜은 발걸음을 멈추었다. 바로 앞, 죽은 나무 몸통 위에 어떤 동물이 확 덤벼들 것처럼 웅크리고 있었다.

마셜은 동물에게 눈길을 고정한 채 천천히 몸을 숙여 돌멩이 하나를 집어 들었다.

우듬지 사이로 비쳐 든 햇빛 때문에 동물 위로 그림자와 빛이 교차하는 바람에 정확히 어떤 동물인지 분간하기가 어려웠다. 너구리나 오소리일 수 있었지만, 사실 마셜은 오소리가 정확히 어떻게 생겼는지도 몰랐다. 녀석은 으르렁거리고 있는 것처럼 보였다.

녀석의 정체가 무엇이든 간에 대낮에 돌아다니는 것으로 보아 난폭할 수도 있었다.

마셜은 돌멩이를 만지작거리며 녀석을 향해 외쳤다.

"야!"

녀석은 움직이지 않았다.

마셜은 녀석을 향해 돌멩이를 던졌다. 겁먹고 도망가기를 바라면서. 돌멩이가 죽은 나무 몸통에 맞고 튕겨 나갔지만, 녀석은 여전히 움직이지 않았다.

마셜은 다시 돌멩이 하나를 집은 다음 두어 발짝 다가가 외쳤다.

"꺼져!"

그러고는 다시 두어 발짝 내디뎠다.

'으르렁거리는 게 아닌가?'

마셜은 대담하게 한 발짝 더 나아갔다.

'살아 있지 않은 건가?'

마셜은 더 가까이 다가갔다.

'동물이 아니라 누가 진흙이 잔뜩 묻은 스웨터를 벗어 놓은 것 같은데?'

마셜은 웃음을 터뜨릴 뻔했다.

'이제 스웨터까지 무서워하는구나.'

진흙 사이로 밤색과 일부분이 가려진 '선행과 용기'라는 글귀가 보였다.

마셜은 누구의 스웨터인지 알아보았다.

죽은 나무 너머로 솜털 거품으로 뒤덮인 시커먼 진창이 보였다. 마셜은 진흙에 뒤덮인 운동화 한 짝과 둘둘 말린 흰색 양말 한 짝을 보았다. 양말에도 진흙이 튀어 있었다.

양말이 결정적이었다.

가슴이 찌르르했다. 수치심과 자기 연민과 자기 증오의 감정들이 모두 사라졌다. 마셜은 이제 더 이상 자기 자신에 대해 생각하지 않았다.

"이거 진짜 나쁘잖아."

마셜이 큰 소리로 말했다.

28

11월 3일 수요일
오후 2:55

타마야는 기다란 나뭇가지 한쪽 끝을 잡고 앞장섰고, 채드는 다른 쪽 끝을 잡고 뒤에서 따라왔다.

"이제 큰 가지 아래로 몸을 숙일 거야."

타마야가 그렇게 말하고는 필요 이상으로 낮게 몸을 수그렸다. 채드 키도 고려해야 했기 때문이다.

나뭇가지는 2미터쯤 되는 길이에 채드 쪽 끝이 더 굵었으며, 중간 부분이 살짝 휘어 있었다. 타마야가 나뭇가지에서 잔가지들을 잔뜩 쳐 냈는데도 옹이 몇 개는 남아 있었다. 타마야는 물집이 옹이에 쓸리지 않도록 천 가방을 대고 나뭇가지를 붙잡았다.

타마야는 어떻게 해서든 채드를 데리고 도랑을 건너야 했다. 도랑을 돌아가는 방법도 생각해 보았지만, 그러면 학교로 돌아가는 길을 영영 찾지 못할 것 같았다. 최선의 방법은 왔던 길을 그대로 되돌아가는 것이었다.

채드가 말했다.

"나는 그냥 그래. 이유는 모르겠어. 나는 그냥 그렇다는 것만 알아."

타마야는 채드가 무슨 이야기를 하는지 알 수 없었다.

"뭐가 그렇다는 거야?"

"나한테 왜 그렇게 못되게 구느냐고 물었잖아. 그래서 지금 내가 그 사실을 모르는 건 아니라고 말하는 거야."

타마야는 채드가 그 질문에 답할 것이라고는 전혀 기대하지 않았다.

"흠, 못되게 군다는 것을 알면서 왜 그만두지 않는 건데?"

"모르겠어."

"지금은 나한테 못되게 굴지 않잖아."

"못되게 굴 수도 있어. 이 나뭇가지를 확 당겨서 너를 때릴 수도 있지. 앞을 보지 못해도 말이야. 너는 아마 비명을 질러 댈 테고, 그럼 나는 네가 어디에 있는지 알 수 있거든. 비명을 지를수록 나한테 더 많이 맞게 될 거야."

"나는 비명 안 지를 거야. 그냥 조용히 도망가지."

"그래 봤자, 아마도 두어 번은 때릴 수 있을걸."

"아마도."

타마야가 맞장구를 쳤다. 이상한 대화였다. 타마야도 그것을 깨달았지만, 채드도 화가 난 것 같지 않았고, 타마야도 겁이 나지 않았다.

"그럼 오빠는 여기에 완전히 혼자 남게 되고 다시 길을 잃게 될 거야."

"나도 알아. 말이 안 되는 거지. 하지만 나는 그런 바보 같은 짓을 하는 사람이야."

타마야는 채드가 아까 한 말에 대해 생각했다. 채드가 집에 오지 않았을 때 아무도 알아차리지 못했다고 한 말.

"형제 없어?"

"여자 형제 둘, 남자 형제 하나."

"그러면 오빠가 집에 안 오면 식구들이 알겠네?"

"걔들은 완벽해. 공부 잘하고, 사고도 안 치고. 나만 유일하게 나쁜 애야."

채드는 대답 대신 그렇게 말했다.

타마야는 그렇지 않다고 말해 주고 싶었지만, 채드의 좋은 점을 생각해 내기가 어려웠다. 결국 이렇게 말했다.

"모든 게 나쁜 사람은 없어. 학교에서 아이들이 오빠를 좋아하잖아."

"그건 그냥 내가 다르기 때문이야. 나는 너희처럼 똑똑하지 않거든. 사람들이 말할 때도 한 절반은 뭔 말인지 모르겠어. 모두들 외국어를 하는 것 같다니까. 내가 너희 학교에 다니는 이유는 딱 하나, 감옥에 가지 않기 위해서야. 그리고 우리 부모님한테는 엄청나게 많은 돈이 들지. 우리 부모님은 돈에만 관심이 있어. 나한테 돈이 얼마나 드는지만."

타마야는 채드가 정말로 감옥에 가게 된다는 것인지, 아니면 숲속 미치광이와 그가 키운다는 늑대 이야기처럼 또 지어낸 허풍인지 알쏭했다.

"이따금 나는 진짜 늦은 밤까지 집에 안 들어가. 아무도 몰라. 알아도 신경도 안 쓰고."

"그럼 어디에 가는데?"

"여기 숲 속으로 와. 최대한 높이 올라가서 세상을 내려다봐. 널빤지를 가져다 망치질을 해서 나무에 박아 계단을 만들어. 나무를 타고 조금 올라가서 나무에 널빤지 두 개를 박은 다음, 그걸 타고 올라가서 또 널빤지를 박아. 나는 자꾸자꾸 더 높이 올라가고 싶어."

나무 타기에 대해 이야기하자, 채드는 힘이 좀 나는 것처럼 보였다. 잘된 일이었다. 곧 죽을힘을 다해 도랑을 건너야 할 테니까.

"나도 그 나무 봤어!"

타마야가 문득 깨닫고는 말했다.

"학교로 돌아갈 때를 대비해서 기억해 뒀어. 흰색 나뭇가지가 가리키는 쪽으로 가다가 널빤지가 박혀 있는 나무에서 방향을 틀면 돼."

"그래서 내가 너하고 마셜을 찾은 거야. 그 나무 위에서."

채드는 지금까지 겪은 여러 일에도 불구하고 자랑스러워하는 듯한 말투로 말했다.

타마야는 채드가 미치광이 은둔자 역시 나무에서 본 것인지 궁금했다. 어쩌면 바지에 난 구멍도 그래서 생긴 것인지도 몰랐다. 채드가 말한 것처럼 늑대에 물려서 생긴 게 아니라 나무를 타고 오르다 생긴 듯했다.

이런 생각을 하느라 타마야는 잠시 주의를 놓쳐 버렸다. 정신을 차리고 아래를 내려다보았을 때 바로 앞에 솜털 진흙 웅덩이가 보였다.

"멈춰!"

타마야가 외쳤다.

채드는 한 발짝을 내디뎠다.

둘이 잡고 있던 나뭇가지가 타마야를 앞으로 밀었다. 타마야는 진흙을 피하기 위해 옆으로 폴짝 뛰어 마구 엉켜 있는 수풀 속으로 쓰러졌다.

"무슨 일이야? 괜찮아? 무슨 일이야?"

타마야의 얼굴과 팔이 잔가지들에 쓸렸다.

"움직이지 마. 진흙이 바로 오빠 앞에 있어. 움직이지 마."

타마야의 머리가 수풀에 걸렸다. 타마야는 조심스럽게 얽힌 것을 풀어 수풀에서 빠져나왔다. 손은 여전히 나뭇가지 끝을 쥐고 있었다.

"좋아. 오빠는 이쪽에 있는 진흙을 돌아서 가야 해. 하지만 여유 공간이 많지 않아."

타마야는 채드가 내딛는 한 걸음 한 걸음을 지켜보면서 수풀과 진흙 사이로 채드를 이끌었다. 다리가 잔가지들에 쓸렸다.

"최대한 수풀 쪽으로 붙어. 옆으로 걸어야 해."

채드는 무사히 진흙을 피해 갔다. 둘은 계속 도랑을 따라 걸었다. 타마야는 팔과 다리가 긁혀 온통 상처투성이였지만, 채드의 상태가 훨씬 더 심했기 때문에 투덜거릴 상황이 아니었다.

"다음번에 내가 멈추라고 말하면 꼭 멈춰야 돼!"

"미안."

"오빠가 밀어서 하마터면 진흙에 빠질 뻔했어."

"미안."

내리막이 더 가팔라졌다. 타마야는 채드에게 저 아래 도랑이 있다고 경고했다. 채드는 덩치가 크고 힘이 세니까 점프도 잘할 것이었다. 다만 채드를 점프하기 좋은 지점으로 데려가서 올바른 방향으로 뛰어넘게 하는 일은 쉽지 않아 보였다.

"난 할 수 있어."

채드가 타마야를 안심시켰다.

땅이 무척 가팔라지자 타마야는 뒷걸음질로 걸었다. 마치 사다리를 타고 내려가는 것 같았다. 타마야는 두 손으로 나뭇가지를 꽉 잡았다.

타마야가 채드에게 말했다.

"무슨 일이 있어도 절대로 나뭇가지를 놓으면 안 돼."

"알았어."

타마야는 채드의 발걸음 하나하나를 지시했다.

"조금 아래에 바위가 있어. 오빠 앞에. 조심…… 조심……."

타마야는 뒤로 조금씩 내려가면서 채드가 발을 제자리에 무사히 놓는지 지켜보았다.

"좋아. 움직이지 마."

타마야는 목을 꼬듯이 뒤로 돌렸다. 도랑은 기억하는 것보다 더 넓어 보였고, 진흙은 더 깊어 보였다. 타마야 바로 아래에, 진흙을 뚫고 도랑 위로 불쑥 솟은 바위가 있었다. 점프하기에 딱 좋은 곳으로 보였다.

"내가 먼저 가고, 그다음 오빠야."

"좋아."

"이제 나뭇가지 놓는다."

"좋아."

타마야는 머릿속으로 수를 셌다.

'하나…… 둘…….'

셋에 타마야는 나뭇가지를 놓았다. 하지만 천 가방은 여전히 쥐고 있었다. 발이 미끄러졌지만, 얼른 균형을 잡으면서 뒤로 돌아 바위 위에 단단히 내려섰다.

그 순간, 바위가 움직였다.

타마야는 굴러떨어졌다. 무릎이 비탈에 세게 부딪혔다. 몸이 공중으로 붕 떠올랐다가 진흙 속으로 빠졌다. 다행히 빠지기 직전에 눈을 감았다.

발에 도랑 바닥이 닿았다. 타마야는 도랑 밖으로 머리를 내밀었다. 두 눈은 여전히 감은 상태였다. 따뜻한 진흙이 얼굴과 눈꺼풀에 들러붙는 것이 느껴졌다. 타마야는 움직이려고 했지만 꼼짝할 수 없었다.

"건너갔니?"

채드가 큰 소리로 말하자 타마야가 새된 소리로 대답했다.

"아니! 빠졌어!"

이와 잇몸에서 모래 씹는 느낌이 났다. 매니큐어 지우는 약과 비슷한 맛이 났다. 타마야는 침을 뱉었다.

"도와줘!"

타마야는 소리치고는 다시 침을 뱉었다.

"뭘 어떻게 해야 하는데? 내가 어떻게 하면 좋겠니?"

"여기에서 꺼내 줘!"

짧은 순간, 채드는 아무 반응도 보이지 않았다. 곧이어 채드가 가까이 다가오는 소리가 들렸다.

"여기, 나뭇가지를 잡아!"

채드가 외쳤다.

타마야는 두 팔을 뻗었지만 아무것도 잡히지 않았다.

"어디? 어디에 있어?"

나뭇가지가 타마야의 머리를 탁 쳤다.

$$2 \times 16{,}777{,}216 = 33{,}554{,}432$$

$$2 \times 33{,}554{,}432 = 67{,}108{,}864$$

29

11월 3일 수요일
오후 3:33

타마야는 도랑에 갇혀 도와 달라고 외쳤고, 채드는 나뭇가지로 타마야를 때리고 있었다. 언덕을 내려가는 마셜에게는 그렇게 보였다.

"야, 타마야를 가만히 놔둬!"

마셜이 소리쳤지만 채드에게 들리기에는 너무 멀었다.

마셜은 서둘러 언덕을 내려갔으나 나뭇가지들에 부딪혀 속도가 줄어들었다.

채드는 계속 마구잡이로 나뭇가지를 휘둘렀다.

"타마야를 가만히 놔둬!"

마셜이 다시 소리쳤다.

여전히 타마야와 채드에게는 들리지 않았다.

급경사면에 다다르자, 마셜은 운동화 모서리를 땅에 박고 스키 선수처럼 몸을 이리저리 움직이면서 도랑을 향해 내려갔다.

"채드!"

채드가 나뭇가지를 휘두르다가 멈추었다.

마셜이 당차게 말했다.

"싸우고 싶으면 나하고 붙어!"

타마야가 소리쳤다.

"마셜 오빠! 나 좀 살려 줘!"

"나뭇가지 내려놔!"

마셜은 채드에게 명령하고는 아래로 조금씩, 조금씩 내려갔다.

채드는 계속 나뭇가지를 휘둘렀다.

"얘를 도와주려는 거야!"

"걔는 가만히 놔두라니까!"

타마야가 마셜에게 큰 소리로 말했다.

"이 진흙은 진짜로 위험해. 채드 오빠는 눈이 멀었어. 지금 나한테 나뭇가지를 내밀려는 거고!"

그제야 마셜은 흉측하게 물집이 나고 부어오른 채드의 얼굴을 볼 수 있었다.

'눈이 멀어?'

마셜은 눈앞에서 벌어지고 있는 일을 이해하기 위해 모든 생각을 앞뒤 위아래로 뒤집어야 했다.

"거의 다 왔어. 나뭇가지 좀 그만 휘둘러!"

마셜은 마지막 몇 미터를 미끄러져 내려와 도랑 가장자리에 멈춰 섰다. 이어 타마야에게 손을 뻗었다.

"나 여기 있어. 손 내밀어."

타마야는 너무 멀리 떨어져 있었다.

"진흙 묻지 않도록 조심해."

타마야가 주의를 주었다.

마셜은 자기 자신은 신경 쓰지 않았다. 타마야에게 닿기 위해 도랑 쪽으로 내려와 한 발을 진흙 속에 담갔다. 마셜의 손가락 끝이 타마야의 손가락 끝과 닿았을 때에는 진흙이 마셜의 무릎 한참 위까지 차 있었다. 타마야는 두 눈을 질끈 감고 있었다.

마셜이 아주 조금 더 다가가면서 타마야에게 재촉했다.

"몸을 내 쪽으로 좀 기울여 봐."

타마야는 마셜 쪽으로 몸을 숙였다.

마셜이 타마야의 손을 잡았다.

"됐다!"

마셜은 힘껏 당겨 보았지만, 타마야는 꿈쩍도 하지 않았다.

"발을 내디디려고 노력해 봐!"

마셜이 재촉하자 타마야가 새된 소리로 대꾸했다.

"노력하고 있어!"

절망적이었다. 마셜은 맞은편에 가만히 서 있는 채드를 보았다.

"채드, 네가 필요해."

"난 못 해."

"해야 돼."

채드는 머뭇거리며 한 걸음을 내딛고는 멈춰 섰다. 그리고 같은 말을 되풀이했다.

"난 못 해."

마셜은 타마야의 손을 놓았다. 한쪽 다리를 진흙 밖으로 꺼내는 데만도 죽을힘을 써야 했다. 마셜은 타마야가 있는 진창으로부터 멀찌감치 떨어질 때까지 도랑을 따라 움직였다.

마셜이 채드에게 말했다.

"내 목소리가 나는 쪽으로 점프해. 있는 힘껏 최대한 멀리 뛰어."

"난 못 해."

"그냥 해 봐, 이 손가락이나 빠는 겁쟁이야!"

"야!"

채드는 소리를 지르고는 마셜 쪽으로 몸을 날렸다.

채드가 땅에 내려서는 순간, 마셜이 팔을 붙잡아 도랑으로 자빠지는 것을 막았다.

"가자."

마셜은 채드를 타마야에게 안내했고, 두 아이 모두 진흙 속으로 들어갔다.

타마야는 두 팔을 쭉 뻗었다.

마셜이 한 손을 잡고 채드가 다른 손을 잡았다.

그리고 당겼다.

타마야는 여전히 꿈쩍하지 않았다.

마셜이 외쳤다.

"계속 당겨!"

채드의 몸속 깊은 곳에서 끙 하는 소리가 났고, 타마야가 아주 조금 움직였다.

마셜과 채드는 계속 당겼다. 다시 한번 끙 소리가 났고, 타마야가 작은 발걸음을 내디뎠다. 이어 또 한 걸음.

마셜이 타마야에게 말했다.

"손으로 내 어깨를 짚어."

타마야가 그렇게 하자, 마셜은 한 팔로 타마야의 허리를 감싸고는 타마야를 들어 올려 진흙 밖으로 꺼냈다.

$$2 \times 67{,}108{,}864 = 134{,}217{,}728$$
$$2 \times 134{,}217{,}728 = 268{,}435{,}456$$

30

11월 3일 수요일
오후 3:55

마셜은 스웨터를 벗어 타마야의 눈에 묻은 진흙을 닦았다. 방금 전에 마셜과 채드는 타마야를 덜 가파른 언덕 비탈까지 간신히 끌고 올 수 있었다. 채드는 머리를 푹 숙이고 앉아 고르지 않은 숨을 거칠게 몰아쉬고 있었다.

마셜이 눈꺼풀을 하나씩 닦아 주는 동안 타마야는 촉감이 부드러운 스웨터 뒤로 마셜의 손길을 느낄 수 있었다.

마셜이 타마야에게 속삭였다.

"다 됐어."

타마야는 눈을 뜨기가 두려웠다.

"꼭 집에 데려다줄게. 무슨 일이 있어도."

마셜이 장담했다.

그 순간 채드의 거친 숨소리가 들렸다. 타마야는 눈을 떴다.

처음에는 마셜이 흐릿하게 보였다. 한참 동안 눈을 꼭 감고 있었던 탓인 것 같았다. 타마야는 눈을 끔뻑거렸다. 마셜은 창백하고 걱정스러운 낯빛이었다.

"오빠가 보여."

마셜은 살짝 미소를 지었다.

타마야는 마셜에게서 스웨터를 받아 얼굴과 목과 팔에 남은 흙을 닦아 냈다. 그렇게 한다고 진흙 속에 들어 있는 것까지 닦아 낼 수는 없었지만, 곧 집으로 갈 수 있다는 생각을 하자 마음이 놓였다. 집에 가면 목욕을 하고 머리를 감고 샌체즈 의사 선생님을 보러 갈 수 있을 것이다.

"여기, 이것도 써."

마셜이 머리 위로 학교 셔츠를 벗었다. 셔츠가 훌렁 뒤집혔다.

"아니야. 오빠 추울 거야."

"난 괜찮아."

타마야는 셔츠를 받아 입 안을 닦았다. 이와 잇몸 구석구석을 문질렀다. 혀를 셔츠로 감싼 다음 이리저리 움직여 닦았다.

타마야는 귀를 닦고 이어 새끼손가락으로 옷감을 콧구멍 속에 넣어 코를 닦았다.

"여기. 고마워."

타마야가 그렇게 말했지만, 마셜은 두 손을 든 채로 가만히 있었다.

타마야는 셔츠를 바닥에 떨어뜨렸다.

마셜이 끙끙거리는 채드를 일으켜 세웠다.

"괜찮아?"

타마야가 묻자, 채드가 쉰 목소리로 대답했다.

"최고로 좋아."

타마야는 채드가 돌아갈 힘이 남아 있기를 바랐다. 날이 벌써 어두워지고 있었다.

마셜은 채드의 팔을 잡고서 언덕 위로 이끌었다. 타마야는 마셜의 반대편에 있었다.

채드가 말했다.

"너는 좋은 녀석이야. 미안해……."

채드의 목소리가 잦아들었다. 타마야는 채드가 기절하지 않을까 걱정했지만, 채드는 기운을 차리는 것 같았다.

"내가 너를 왜 미워했는지 알고 싶니?"

마셜이 대꾸했다.

"알고 있어. 내가 너를 거짓말쟁이라고 했다고 생각했잖아."

"나를 거짓말쟁이라고 했어? 언제?"

타마야는 맨발에 뾰족한 잔가지가 밟혔지만, 아픔을 꾹 참았다. 지금은 계속 가는 것이 무엇보다 중요했기 때문이다.

마셜은 채드가 오토바이를 타고 교장실로 갔다고 뻐겼을 때 이야기를 꺼냈다.

"나는 '말도 안 돼!'라고 말했는데, 그건 네가 거짓말쟁이라고 생각했기 때문이 아니라 '우아, 멋지다' 이런 뜻이었어."

"아, 그래. 나도 알아. 그땐 괜히 골탕 먹이려고 그런 거지. 그런데 말이야, 그건 거짓말이었어. 나는 오토바이를 타 본 적이 한 번도 없거든."

마셜은 고개를 가로저으며 짧게 웃었다.

타마야는 이 문제가 마셜과 채드 사이의 일이고 자신은 빠져 있어야 한다는 것을 알면서도 참견하지 않을 수가 없었다.

"그럼 왜 마셜 오빠를 미워하는데? 오빠한테 아무것도 안 했는데."

타마야가 불쑥 묻자 채드가 숨을 깊이 들이마시고는 뭐라고 말했는데, 타마야가 얼핏 듣기에는 '라자냐'(파스타·치즈·고기·토마토소스 등으로 만드는 이탈리아 요리 —옮긴이)라고 한 것 같았다.

마셜이 물었다.

"뭐라고?"

"네 생일이 9월 29일이잖아."

"네가 그걸 어떻게 알아?"

"그리고 너희 엄마는 네가 좋아하는 저녁을 준비했고."

"라자냐."

타마야가 말했다. 마셜한테서 들은 적이 있었기 때문이다.

"네가 학교에서 얘기하는 걸 들었어."

"그런데?"

"그런데 넌 내 생일이 언제인지 아니?"

마셜은 채드의 생일을 알지 못했다.

채드가 말했다.

"9월 29일이야."

타마야는 이야기의 조각들을 맞추느라 애를 먹고 있었다.

"그러니까 그게 마셜 오빠를 미워하는 이유란 말이야? 생일이 같아서?"

채드가 대답했다.

"나한테 라자냐를 해 준 사람은 아무도 없었어. 아무도 아무것도 안 해 줬지. 우리 아빠가 뭐라고 말한 줄 아냐? '네가 태어난 날을 왜 우리가 축하해야 하지?'"

마셜이 말했다.

"심하다."

타마야가 말했다.

"그렇다고 마셜 오빠를 미워했다는 건 말이 안 돼."

채드가 말했다.

"내가 그랬다고 말한 적 없는데. 나는 그저 설명을 하려고 하는 거야. 그게 다야. 아무래도 내가 너한테 설명을 해야 할 것 같아서 말이야."

타마야는 채드의 논리를 납득하려고 노력하고 있었다. 그때 발에 뭔가 세게 부딪쳤다. 이번에는 아픔을 꾹 참을 수가 없었다. 타마야는 비명을 지르면서 낙엽이 덮인 땅바닥에 쓰러졌다.

마셜과 채드가 위에서 내려다보았다.

"괜찮아?"

발이 욱신거렸다. 타마야는 어디가 부러지지 않았으면 하고 바랐다.

"아야, 아, 아야."

타마야는 통증 때문에 얼굴을 움찔거리며 말했다. 심호흡을 두 번 하고 나니 통증이 조금 잦아들었다.

"너무 어두워서 발밑이 잘 안 보여!"

마셜이 말했다.

"도대체 무슨 소리야? 해가 떠 있는데. 사방이 환해."

타마야는 눈을 감았다. 일 초 뒤 눈을 떴을 때, 세상은 완전히 캄캄했다.

$$2 \times 268{,}435{,}456 = 536{,}870{,}912$$
$$2 \times 536{,}870{,}912 = 1{,}073{,}741{,}824$$

31

11월 3일 수요일
저녁

마셜은 타마야와 채드 사이에서 걸으며 한 팔로 한 명씩 이끌었다. 신발은 한 짝만 신었다. 한 짝은 타마야에게 주었다. 타마야는 신발이 너무 컸지만 맨발로 걷지 않아도 돼서 기뻤다. 하지만 한발 한 발 내디딜 때마다 조금 비트적거렸다.

타마야는 지금, 아까 채드가 말했던 상태와 비슷했다. 아주 가까운 것은 흐릿하게 형체를 알아볼 수 있었다. 하지만 그것도 얼굴 바로 앞에 있을 때나 가능했다. 타마야는 시간 감각을 잃어버렸다. 얼마나 멀리 걸어왔고 얼마나 더 가야 하는지 알 수 없었다.

타마야가 마셜에게 물었다.

"길 알아?"

"그런 것 같아."

"나뭇가지 하나가 삐죽 나와 있는 흰 나무를 찾아. 나뭇가지가 가리키는 쪽으로 가면 돼."

"흰 나무가 엄청 많아."

"그리고 널빤지를 박아 놓은 큰 나무가 있어. 그게 채드 오빠의 나무야. 어제 우리를 찾은 것도 그 나무 덕분이었대."

채드가 말했다.

"그 나무 말고도 더 있어. 나무에 올라가면 그보다 더 커 보이는 나무가 보여. 그러면 또 그 나무에 올라가. 난 여기에서 가장 큰 나무를 찾고 싶어."

마셜이 대꾸했다.

"멋지다."

"정말? 너희들이 모두 바보스럽다고 생각할 줄 알았는데. 나를 꼬맹이나 뭐 그런 것 같다고."

"아니야. 그건 꼬맹이들이 하기에는 너무너무 겁나는 일이지."

마셜의 말에 타마야도 맞장구쳤다.

"나도 너무 겁나!"

채드가 대꾸했다.

"너도? 말도 안 돼! 너는 아무것도 겁 안 내잖아. 언제 내가 너희들을 데리고 올라갈게. 꼭대기에 가면 앉을 수 있는 널빤지가 있어."

다시 한번 타마야는 나무에 대해 말하는 채드의 목소리에서 새로운 힘을 느낄 수 있었다.

"몇 킬로미터 떨어진 곳까지 볼 수 있어."

'몇 킬로미터?'

타마야에게 그것은 상상만 해도 즐거운 일이었다. 자신과 채드는 당장 10센티미터 앞도 볼 수 없는 처지였으니 말이다.

마셜이 우뚝 멈춰 섰다. 타마야는 자신의 팔을 붙잡은 마셜의 손아귀에 힘이 들어가는 것을 느꼈다.

채드도 똑같이 느꼈는지 이렇게 물었다.

"뭐 잘못됐어?"

"쉿!"

마셜이 속삭였다.

"무슨 소리를 들었어."

타마야는 귀를 기울였다. 나뭇잎과 흙을 헤치는 소리 같았다. 뭔가 움직이고 있었다. 동물인 것 같았다. 그것도 여러 마리.

타마야가 속삭였다.

"오빠 나무 위에 올라갔을 때, 정말로 미치광이 은둔자랑 검은 늑대들을 봤어?"

"수염 기른 남자는 봤어. 늑대는 아니고."

소리가 점점 커졌다. 분명히 한 마리보다는 많은 동물들이었다. 개 한 마리가 짖었다. 녀석이 아이들을 향해 오고 있었다. 짖는 소리가 더 많이 났다. 개 한 마리가 아니라 여러 마리였다.

개 한 마리가 타마야 바로 앞에서 짖었다. 타마야가 움찔하니까, 마셜이 이렇게 말했다.

"널 해치지 않을 거야. 내 생각에는 우리가 구조된 것 같아."

멀리서 사람이 외치는 소리가 들렸다.

"개들이 이쪽으로 갔어!"

타마야는 허리를 숙이고 머뭇머뭇 손을 뻗어 부드럽고 따스한 털을 만졌다. 축축한 혀가 타마야의 얼굴을 핥았다.

"아, 하지 마."

타마야는 개에게 발진이 나는 것을 원치 않았다.

"여기 있다!"

누군가 소리쳤고, 이어 여러 목소리가 동시에 물었다.

"다친 데 없니?"

"어떻게 여기까지 왔어?"

"누가 너희를 해치진 않았니?"

마셜이 말했다.

"얘들 둘 다 눈이 멀었어요. 여기에 있는 진흙에 뭔가 나쁜 것이 들어 있어요."

타마야의 귀에 누군가 통화하는 것 같은 소리가 들렸다.

"애들을 찾았습니다. 모두 세 명입니다. 남자아이 둘, 여자아이 하나. 구급차가 필요합니다. 아니요. 애들이 유괴당한 것은 아니라고 합니다. 하지만 수색은 계속하겠습니다."

타마야의 어깨를 짚는 손이 느껴졌다.

"이제 안전해."

남자 목소리였다.

"너를 학교로 데려갈 거야. 그다음 너는 병원으로 갈 거고."

"조심하세요. 저는 진흙을 온통 뒤집어썼어요."

타마야가 경고했지만, 남자는 빙긋이 웃으며 말했다.

"진흙 좀 묻는다고 사람이 다치지는 않아."

타마야는 남자가 두 팔로 자신을 안는 것을 느꼈다. 남자는 타마야를 번쩍 들었다.

타마야는 일일이 설명을 하기에는 너무나 춥고 피곤하고 몸이 쑤셨다. 어쨌든 이미 늦었다. 그래서 그냥 몸을 남자의 따뜻한 모직 코트 속으로 파묻었다. 남자는 이제 곧 진흙에 대해 알게 될 것이다. 모두가 그렇게 될 것이다.

숲 밖으로 나가면서 타마야가 남자에게 개들 이름을 물었다.

"네가 쓰다듬었던 개는 미시야. 원래는 '미스 마플'인데 줄여서 미시라고 불러. 네로, 셜록, 록퍼드도 있어. 모두 유명한 탐정들 이름을 딴 거지."

"사람 찾는 일을 잘하니까요?"

"최고지."

"저도 개 좋아해요."

32

거북

다음은 타마야가 숲에서 나온 후 석 달 뒤에 열린 히스클리프 참사 청문회 기록에서 발췌한 것이다.

라이트 상원 의원　이 미생물들이 실제로 바이올렌에 사용된 에르고님들과 같은지 여부를 박사님이 확인해 줄 수 있겠습니까?

준 리 박사(국립보건원 연구원)　디엔에이(DNA)가 거의 동일합니다만 정확히 똑같지는 않습니다. 우리는 바이올렌 에르고님이 돌연변이를 일으킨 변종이라고 믿고 있습니다.

푸트 상원 의원　하지만 지구에는 수백만 종의 미생물이 살고 있지 않습니까?

준 리 박사   그렇죠.

푸트 상원 의원   그리고 그 미생물 대부분이 한 번도 연구된 적이 없지요.

준 리 박사   그것은 사실입니다. 과학자들은 지구의 생물권에 있는 전체 미생물 가운데 약 5퍼센트 정도만 확인을 했습니다.

푸트 상원 의원   그러니까 솜털 진흙에서 발견된 미생물도 그러한 미지의 미생물 가운데 하나가 자연적으로 진화한 것일 수도 있지 않습니까?

준 리 박사   아니요. 그럴 가능성은 희박합니다.

푸트 상원 의원   하지만 불가능한 건 아니죠?

준 리 박사   가능성이 희박합니다. 만약 그것이 자연적으로 진화한 것이라면, 찬 기후에 적응했을 것이 거의 확실합니다.

푸트 상원 의원   무엇이 돌연변이를 야기했을까요? 어떻게 그런 일이 일어난 거죠?

준 리 박사   제가 뭐라고 말할 수는 없습니다. 세포 하나가 분열할 때마다 아주 적은 돌연변이의 가능성이 있습니다. 하지만 몇억 번, 몇십억 번 분열이 일어나면, 돌연변이는 생기기 마련이지요. 불가피한 일입니다.

푸트 상원 의원   돌연변이를 일으킨 에르고님으로 추정되는 이것이 어떻게 선레이 농장에서 히스클리프의 숲으로 갔을까요?

준 리 박사   다시 한번, 우리도 모릅니다. 벌레, 새, 바람, 어떤 것이라도 이유가 될 수 있겠지요.

라이트 상원 의원   설사 박사님 말씀이 모두 사실이라고 해도, 리 박사님, 중요한 질문은 이것입니다. 원래의 에르고님은 위험한가, 하는 것이죠. 돌연변이를 일으킨 것 말고 현재 바이올렌에 사용되고 있는 것 말입니다. 그게 사람이나 환경에 위험한가요?

준 리 박사　아닙니다. 원래의 에르고님은 공기 중에서 생존할 수 없기 때문에 아무런 위험을 야기하지 않습니다. 하지만 말씀드렸듯이, 돌연변이는 발생하기 마련입니다. 미래에 어떤 돌연변이를 일으킬지에 대해서는 제가 말씀드릴 수 없습니다. 하지만 더 많은 돌연변이가 생길 겁니다. 그 점은 확실합니다.

라이트 상원 의원　증언과 국립보건원에서의 노고에 고맙다는 말씀을 드립니다, 박사님. 박사님과 국립보건원이 이 무시무시한 질병의 치료제를 찾아낼 수 있었던 것은 참으로 감사한 일입니다.

준 리 박사　고맙습니다. 하지만 치료제를 발견한 사람은 사실 지방 수의사인 크럼블리 박사입니다. 국립보건원에서는 실험과 대량 생산을 도왔을 뿐이지, 여러분의 감사 인사를 받으실 분은 크럼블리 박사입니다.

홀팅스 상원 의원　죄송합니다만, 크럼블리 박사가 수의사라고 하셨나요?

준 리 박사　동물들도 인간만큼이나 병에 시달렸습니다. 크럼블리 박사가 없었다면, 미래의 지구는 거북이 지배했을 겁니다.

33

프랑켄세균

타마야를 구조한 남자는 곧 진흙에 대해 알게 되었다. 세상 전체가 알게 되었다.

아이들을 구조하고 나서 몇 시간 안에 수색에 관여한 사람들 전부 발진 증세를 보였다. 빨개진 피부, 작은 종기, 따끔거리는 느낌. 다음 날 아침이 되자, 종기 대부분이 물집으로 변했고, 잠에서 깬 사람들은 침대보에서 자신의 피부 색깔과 같은 정체를 알 수 없는 가루를 발견했다. 나중에 밝혀졌지만, 그 가루는 돌연변이를 일으킨 에르고님이 피부의 '좋은 부분'을 먹고 남은 찌꺼기였다.

타마야와 채드와 마셜이 숲에서 발견되고 나서 일주일 뒤, 히스클리프에서 500건이 넘는 발진 사례가 발생했다. 이 주 뒤에는 그

수가 1만 5천 건으로 늘어났다.

많은 사람들이 너무 늦어질 때까지 치료를 받으려고 하지 않았다. 발진이 서서히 번지는 특성을 보이는 이유 중 하나는 통증이 없고 약하게 따끔거리는 느낌만 있기 때문이었다. 보통은 신경 세포들이 뇌에 통증 신호를 보내지만, 이 미생물은 세포에서 그 신호를 전달하는 부분을 먹어 치웠다. 마치 전화선이 끊긴 상황과 같았다. 신경 세포는 '도와줘! 비상! 위험!'이라고 외치고 있었지만, 뇌는 그 신호를 받지 못했다.

타마야와 마셜과 채드가 구급차에 실리고 있을 무렵, 수색대는 숲 속에 살던 한 사람의 시체를 발견했다. 수염을 길게 기른 남자였다.

실종되었던 세 아이는 히스클리프 종합 병원으로 급송되었다. 타마야의 머리카락과 옷에서 채취한 진흙 샘플이 애틀랜타에 있는 질병통제예방센터와 메릴랜드 주 베서스다에 있는 국립보건원으로 보내졌다. 타마야의 손과 팔 그리고 채드의 얼굴 사진도 이메일로 그 기관들에 전송되었다.

현직 의사들은 의학 서적과 인터넷을 뒤져 보았지만, 이 유형의 발진에 대한 기록을 찾을 수 없었다. 알려진 치료법은 없었다. 타마야를 위해 할 수 있는 최선의 처치는 몸을 극도로 청결하게 유지하는 것이었다.

타마야는 몸을 철저하게 씻었다. 머리카락은 남김없이 밀었다. 구조되고 나서 몇 주 동안 날마다 스펀지로 몸을 닦아 냈다. 간호사가 밤낮을 가리지 않고 두 시간마다 소독용 알코올로 타마야를 닦아 주었다. 목욕이 끝난 다음에는 특수 구강 청결제로 입을 헹궜다. 구강 청결제는 톡 쏘는 데다 끔찍한 맛이었지만, 타마야는 간호사가 뱉으라고 할 때까지 일 분 동안 입안에 머금고 있어야 했다. 타마야는 조금도 싫은 기색을 보이지 않았다. 맛이 아주 강렬했다.

타마야의 엄마가 병원에 왔고, 뒤이어 아빠도 왔다. 하지만 타마야를 만지는 것은 허용되지 않았다. 타마야는 부모님에게 죄송하다고 말했지만, 부모님은 계속 딸이 얼마나 자랑스러운지 모른다는 말을 했다.

얼마 후 이 유행병이 히스클리프 전역으로 확산되자, 타마야의 부모님을 포함해 모든 방문객이 병원에서 나가야 했다. 타마야는 아빠가 준 휴대 전화로 부모님과 계속 연락할 수 있었다.

타마야의 시력은 더 이상 악화되지 않았다. 손을 얼굴 앞에 들면 손이라는 것을 알아볼 수 있었다. 하지만 자기 손이라는 것을 이미 알고 있기 때문에 그랬을 수도 있었다. 담당 의사는 다양한 형태와 사물로 시험을 해 보았다. 타마야는 동그라미와 네모와 세모를 제대로 알아보았지만, 의사가 여자 하이힐을 들어 보였을 때 바나나라고 했다.

타마야는 자주 마셜과 채드에 대해 물었다. 마셜은 꽤 잘 버티고 있다는 말을 들었지만, 만나는 것은 허용되지 않았다.

채드는 무척 심각한 상태였다. 그것이 타마야가 채드에 대해 알아낼 수 있는 전부였다. 만약 채드가 이십 분만 늦게 병원에 왔다면 아마 살아남지 못했으리라는 말을 들었다.

타마야는 한 번도 불평을 하지 않았다. 이따금 두려움을 느낄 때면 우드리지 사립 학교에서 배운 열 가지 덕목을 반복해서 암송했다. 관용, 청결, 용기, 공감, 품위, 겸손, 정직, 인내, 신중, 절제. 마음 한구석으로는 자신이 정말로, 정말로 착하면 발진이 사라지고 다시 앞을 볼 수 있게 될 것이라는 생각을 했다. 하지만 마음 깊은 곳에서는 최악의 상황을 준비하고 있기도 했다. 만약 병이 낫지 않으면, 용기와 인내와 품위를 가지고 세상을 대할 수 있기를 바랐다.

타마야는 간호사들을 구별해 알아보는 법을 터득했다. 목소리뿐만 아니라 스펀지 목욕을 해 주기 위해 병실에 들어올 때 내는 소리들을 바탕으로 알 수 있었다. 간호사들은 하나같이 나라에서 가장 뛰어난 과학자들이 치료법을 연구하고 있다는 말을 계속해서 타마야를 안심시키려 했다.

모든 사람들이 타마야 주변에서 무척 차분하게 행동했다. 모니카와 이야기를 나누고서야 타마야는 세상 전체가 완전히 공포에 질려 있다는 사실을 알게 되었다.

모니카는 타마야에게 이렇게 말했다.

"솜털 진흙이 사방팔방에 있어! 학교는 휴교야. 우드리지뿐만이 아니야. 모든 학교가 다. 아무도 밖으로 안 나가. 나는 너하고 얘기도 하면 안 돼. 프랑켄세균이 전화기를 통해 전염될 거라고 우리 엄마가 걱정하시거든."

타마야가 병원에 도착했을 때 했던 '솜털 진흙'이라는 말을 모든 사람들이 썼다. 히스클리프 어디에서나 볼 수 있는 방호복을 입은 과학자들까지도 그 말을 썼다. 선레이 농장에서 일한 적이 있는 험바드 박사가 케이블 티브이 뉴스쇼에 나왔는데, 거기서 한 말이 계기가 되었는지 돌연변이를 일으킨 미생물을 프랑켄슈타인에 빗대어 '프랑켄세균'이라고 부르고 있었다.

병원들은 병실이 바닥났고, 학교들은 발진 치료 센터가 되었다. 교실과 구내식당에 간이침대가 설치되었다. 방호복을 완전히 갖춰 입은 헌신적인 간호사들이 해 주는 스펀지 목욕 때 프라이버시를 위해 흰 천이 쳐졌다.

대통령은 히스클리프와 인근 지역들에 격리 조치를 지시했다. 발진 증세를 보이든 보이지 않든 누구도 그 지역 밖으로 나갈 수 없었다. 공항과 기차역들은 폐쇄되었다. 펜실베이니아 주 방위군이 도로와 고속 도로를 순찰했다.

34

11월 23일 화요일

미스 마플은 로버트 크럼블리 박사의 진료실 안에 있는 나무 상자 속에 누워 있었다. 크럼블리 박사는 피하 주사기를 든 채로 나무 상자 옆에 서 있었다. 박사는 불쌍한 개가 자고 있어서 다행이라고 생각했다. 잠들었을 때에는 고통을 느끼지 않을 테니까.

호주산 셰퍼드와 차우차우와 누구도 모르는 품종이 뒤섞인 잡종견 미스 마플은 예전에는 회색 바탕에 흰색과 검은색과 갈색 얼룩무늬가 있는 풍성한 털을 가지고 있었다. 지금은 털 대부분이 빠져 버렸다. 벌거벗은 피부는 물집으로 뒤덮여 있었다. 눈과 귀도 멀었다.

꿈속에서 미시는 숲 속을 누비며 뛰어가고 있었다. 실종된 아이들을 수색하느라 모든 감각이 극도로 예민한 상태였다. 미시가 아이들을 향해 내달릴 때 낙엽이 흩날렸다. 미시는 해냈다는 기쁨에 겨워 짖고 실종됐던 여자아이의 얼굴을 핥았다.

미시가 꿈속에서 의기양양하게 짖는 소리가 크럼블리 박사에게는 처량하게 낑낑대는 소리로 들렸다. 박사는 미시를 깨우지 않으려고 조심스럽게 나무 상자를 열었다.

박사는 현재 혼자 일하고 있었다. 직원 두 명이 발진으로 몸져눕자, 박사는 다른 직원들에게도 집에서 머무르라고 지시했다. 박사는 장갑과 장화를 착용했지만 방호복은 입지 않았다. 동물들이 겁먹는 것을 바라지 않았기 때문이다.

미스 마플은 박사가 있다는 것을 감지했다. 꼬리로 나무 상자 바닥을 힘없이 탁 쳤다.

"안녕, 이 녀석아."

박사는 개를 쓰다듬으며, 장갑을 끼지 않아도 되었다면 좋았을 텐데, 하고 생각했다. 이 개는 따스한 인간의 손길을 느낄 자격이 있었다.

박사는 주사를 준비했다.

동물들은 사람들보다 더 발진으로 고생했다. 목욕을 할 수 없었기 때문이다. 개와 고양이뿐만이 아니었다. 햄스터, 토끼, 흰담비, 심지 퍼넬러피라는 이름의 스컹크까지 여러 동물들이 감염되었다.

슬프게도 박사는 그 동물들의 고통을 끝내 주는 것 말고는 아무 것도 할 수 없었다. 지난 이 주 동안 스무 마리가 넘는 애완동물들을 안락사시켰다.

그런데 솜털 진흙에 부작용을 보이지 않는 동물이 딱 하나 있었다. 크럼블리 박사에게는 모리스라는 이름을 가진 육지 거북 한 마리가 있었다. 모리스는 박사의 집 뒷마당에서 솜털 진흙 속에 빠졌고, 박사는 삽으로 모리스를 꺼내야 했다. 사흘이 지나도 거북은 발진 증세를 보이지 않았다.

크럼블리 박사는 병원에 딸린 작은 실험실에서 현미경을 통해 모리스의 피부 샘플과 감염된 동물 중 일부에서 채취한 피부 샘플들을 비교해 보았다. 그리고 모리스의 피부 세포에서 다른 동물들의 피부 세포에서는 보이지 않는 효소를 발견했다.

미스 마플이 머리를 박사 쪽으로 돌렸다.

"자, 착하지."

박사는 개의 오른쪽 뒷다리에 주삿바늘을 찔러 농축한 거북 효소를 주입했다.

35

12월 6일 월요일

타마야가 첫 번째 임상 시험 대상자였다. 타마야의 부모는 임상 시험을 담당한 의사의 제안에 동의했고, 의사는 그 치료제가 동물들에게 효과가 있다고 해서 사람에게도 효과가 있으리라고 보장할 수 없다고 미리 경고했다. 하지만 타마야의 부모가 달리 선택할 방도는 없었다.

타마야는 너무 큰 희망을 품지 않으려고 노력했다. 하지만 미스 마플이 완전히 회복되었다는 소식을 듣고는 무척 기뻤다. 타마야는 미스 마플을 사랑했다.

타마야는 하루에 두 번 거북 효소 주사를 맞았다. 의사와 간호사들이 계속해서 타마야의 상태를 점검하기 위해 병실을 오갔다. 그

때마다 그들은 타마야의 이름을 물었고, 조금 지나자 타마야는 슬슬 짜증이 났다. 타마야는 다른 환자들이 아주 많고 의사들이 무척 바쁘다는 사실을 알았지만, 이번 임상 시험이 굉장히 중요하다는 것도 알았다. 그렇다면 적어도 환자 이름 정도는 기억해야 하는 것 아닌가!

타마야는 좋아하는 간호사 론다에게 그 이야기를 했다. 론다는 웃으면서 이렇게 말했다.

"다들 네 이름을 알아. 그냥 네 기억력을 확인하려는 거야. 인간은 보통 이런 종류의 효소를 몸속에 가지고 있지 않아. 그래서 의사들은 나쁜 부작용이 생길까 봐 걱정하고 있어."

"거북처럼 단단한 딱지가 생길지도 몰라요."

타마야는 농담을 던졌다.

론다가 다시 웃고는 이렇게 말했다.

"그럼 귀엽겠다. 실용적이기도 하고."

타마야가 맞장구를 쳤다.

"피곤할 때마다 단단한 딱지 속으로 쏙 들어가서 푹 자면 되겠네요."

간호사들은 타마야 앞에서 밝고 긍정적인 모습을 보이려고 애썼지만, 타마야는 모두들 그런 척한다는 것을 알 수 있었다. 그렇다고 그들을 탓하는 것은 아니었다. 머리도 없고 피부에는 온통 물집이 잡힌 자신의 모습이 얼마나 끔찍한지 알고 있었기 때문이다.

그런데 론다는 겉으로 꾸미지 않았다. 타마야가 평범한 사람인 것처럼 이야기를 나누고 농담을 했다.

의사들은 타마야에게 이름 말고도 주소와 전화번호를 말해 보라고 했다. 조지 워싱턴이 누구인지 묻기도 했다. 암산으로 수학 문제를 풀어 보게도 했다. 5 곱하기 7, 26 나누기 2.

의사들은 타마야의 심장과 폐의 소리를 들어 보았다. 체온과 혈압도 쟀다. 타마야에게 원을 그리며 걷게 하거나 발가락을 만져 보라고 시키기도 했다.

타마야는 의사가 얼굴 앞에 들고 있는 다양한 사물들을 점점 더 제대로 알아보기 시작했다. 하지만 이것이 반드시 치료가 효과가 있다는 것을 의미하는 것은 아니었다. 단순히 몇 주 동안 연습한 결과로 타마야의 뇌가 흐릿한 이미지를 식별하는 법을 익힌 것일 수도 있기 때문이었다. 따끔거리는 느낌도 거의 사라졌다. 하지만 이것 역시 뇌가 통증을 차단하는 법을 터득했기 때문일 수도 있었다.

타마야가 한 의사에게 물었다.

"미스 마플이 낫는 데 시간이 얼마나 걸렸죠?"

"사람하고 개는 다르단다."

의사는 질문에 대답하는 대신 그렇게만 말했다.

타마야는 의사에게 채드에 대해 물었지만, 병원의 다른 과로 옮겼다는 말만 들었다. 타마야는 그 말이 무엇을 의미하는지 걱정이 되었다.

타마야는 시시때때로 잠을 잤지만, 오래 푹 자지는 못했다. 스펀지 목욕이나 주사나 검사 때문이 아니더라도 자꾸만 잠에서 깼다.

어느 날 밤, 아니 낮이었을지도 모르지만, 타마야는 아주 기이한 꿈을 꾸었다. 병실에 한 남자가 있었다. 의사처럼 보이지 않았고, 아는 사람도 아니었다. 남자는 자기를 피치라고 소개했다.

"이상한 이름이네요."

"나는 이상한 사람이거든."

남자는 웃으면서 그 말을 했다.

남자가 말할 때마다, 목소리가 다른 방향에서 들려왔다. 병실 안에서 이리저리 돌아다닌 것일 수도 있었지만, 타마야는 어쩐지 둥둥 떠 있는 유령 같다는 느낌이 들었다.

"뭐든 원하는 것 있니?"

"고맙지만, 괜찮습니다."

"정말로? 내가 '뭐든'이라고 말하면, 진짜로 뭐든을 뜻하는 거야! 나는 이제 곧 진짜 부자가 될 거야. 세상에서 제일가는 부자가 될지도 몰라."

갑자기 달그락거리는 소리가 들렸다.

"무슨 소리예요?"

"아무것도 아니야."

소리로 보아 이제 남자는 바닥에 내려선 것 같았다.

"나무 막대가 담긴 통을 쳐서 쓰러뜨렸어. 진찰할 때 '아' 하고 입을 벌리면 집어넣는."

"나무 막대를 통 속에 다시 집어넣는 소리처럼 들리던데요."

"어질러 놓고 싶지 않아서."

"막대들을 그냥 내다 버리는 게 좋을 거예요. 바닥에 떨어진 것을 다른 사람 입에 넣으면 안 될 것 같아요."

"아, 그래."

나무 막대를 쓰레기통에 버리는 소리가 들렸다.

"그래, 내가 너한테 뭘 사 줄 수 있을까?"

이제 목소리가 아주 가까이에서 들려왔다.

"아니요. 감사합니다."

"나도 갖고 싶은 게 하나도 없어."

남자의 목소리가 슬프게 들렸다.

"돈이 엄청 많으면 뭘 막 사고 싶어 할 것 같지? 그렇지?"

"네."

"흠, 나는 아니야."

이제 목소리가 멀어지고 있었다.

"나는 그냥 뭔가 알아내기를 좋아해. 과학을 좋아하지. 너 과학 좋아하니?"

"싫어하진 않아요."

"좋아하는 과목이 뭐니?"

"음, 읽기요. 쓰기도 좋아해요. 커서 작가가 되고 싶기도 해요."

"작가, 좋지. 여전히 넌 그 일을 할 수 있어. 그렇지 않니? 그러니까 내 말은, 앞을 보지 못해도 말이야. 컴퓨터에 대고 말할 수 있고, 그럼 컴퓨터가 너 대신 글을 써 줄 거야."

"모르겠어요. 저는 말할 때하고 글 쓸 때하고 다르거든요."

"무슨 말인지 안다. 나는 말할 때하고 생각할 때하고 다르지. 내 뇌는 온갖 생각으로 가득 차 있는데, 이따금 입 밖으로 나오는 말은 나도 뭔 말인지 모를 때가 있거든."

"저한테는 알아듣기 쉽게 말 잘하시는데요."

"다행이구나. 정말 아무것도 갖고 싶은 게 없니? 피아노 어때? 커다란 괘종시계는?"

"아픈 게 나으면 좋겠어요."

"나도 그래. 모든 사람들이 나으면 좋겠어. 나는 사람들을 돕고 싶었어. 세계적인 전염병을 퍼뜨리고 싶었던 게 아니라."

남자는 무척 슬픈 목소리로 말했다. 타마야는 바라는 것이 있었으면 좋겠다고 생각했다.

"아, 알았어요!"

문득 한 가지가 떠올랐다.

"새 교복 스웨터가 필요해요."

타마야는 꿈을 꾸고 나서 얼마 뒤에 잠에서 깼다. 론다가 스펀지로 몸을 닦아 주고 있었다. 타마야는 꿈을 생각하고는 피식 웃었다.

론다가 물었다.

"뭐가 그렇게 재미있니?"

"아무것도 아니에요."

'커다란 괘종시계? 피아노?'

스펀지 목욕을 하니 기분이 좋았다.

타마야는 종종 눈을 뜨고 있는지 감고 있는지 헷갈렸다. 그것은 생각을 해 봐야 알 수 있는 일이 되었다. 지금은 눈을 뜨고 있었다.

세상이 빛과 색으로 가득했다. 론다의 머리는 빨간색이고 눈은 검은색이었다. 벽은 노란색이었다.

타마야의 몸이 떨렸다.

론다가 물었다.

"왜 그러니?"

모든 것이 여전히 아주 흐릿했지만, 빛이 환한 흐릿함이었다.

"타마야, 괜찮니?"

론다가 다시 물었다.

타마야는 아직도 꿈을 꾸는 게 아닌가 싶어 머뭇머뭇 말을 했다. 만약 말을 하면 세상이 다시 깜깜해질까 봐 두려워하는 마음으로.

"간호사님이 보여요."

세상이 사라지지 않자, 타마야는 더 심하게 떨었다.

"눈이 보여요."

론다 또한 떨기 시작했다. 그리고 타마야를 아주 꼭 안았다. 이것은 규정에 어긋나는 행동이었다.

"엄마한테 전화하렴! 나는 의사 선생님을 불러올 테니까. 엄마한테 전화해!"

론다는 다시 타마야를 안아 준 다음 침대 옆 탁자에서 휴대 전화를 가져왔다.

"지금 몇 시죠? 너무 늦은 것 아니죠?"

"몇 시면 어때? 당장 전화해!"

새벽 3시 45분에 타마야의 엄마는 전화벨 소리에 화들짝 깼다. 곧바로 심장이 공포로 가득 찼다. 최악의 상황까지 각오하고 용기를 내 전화를 받았다.

"네?"

"엄마, 무슨 일이게요?"

36

눈

이틀 뒤, 첫눈이 내렸다. 타마야는 아직 눈송이 하나하나까지 볼 수는 없었지만 병원 창문 밖에서 지그재그로 떨어지는 회색과 흰색 눈발을 볼 수 있었다.

아름다웠다. 온 세상이 아름답게 보였다. 심지어 점심 식사 때 나온, 양배추 샐러드를 감쪽같이 넣어 만든 초록색 젤리마저도 아름답게 보였다.

론다는 구내식당 옆에 있는 야외 테라스로 타마야를 데려갔다. 타마야는 짧게 자란 머리에 스키 모자를 쓰고 시멘트 바닥에 누워 혀로 눈을 받았다.

눈은 나흘 내리 내렸다. 타마야는 마셜이 크럼블리 박사의 주사를 맞기 시작했으며 상태가 많이 좋아졌다는 이야기를 들었다. 채드에 대해 아는 사람은 아무도 없는 것 같았다. 타마야는 혹시라도 안 좋은 소식을 듣게 될까 봐 애써 알아보지 않았다.

담당 의사가 타마야에게 얼굴에 비해 지나치게 큰 까만 뿔테 안경을 주었다. 타마야는 처음으로 의사의 얼굴을 제대로 보고는 기절할 뻔했다. 온화한 갈색 눈에 곱슬머리, 의사 선생님은 프랭크스 선생님보다 더 멋졌다.

타마야는 모니카에게 전화했다.

"의사 선생님이 나를 봤을 때, 막 허둥대고 혀가 꼬였다니까. 지금까지 그 선생님이 어떻게 생겼는지 몰라서 참 다행이야. 모두들 내가 온갖 종류의 끔찍한 부작용을 보인다고 생각했을 거야. 아마난 내 이름도 잊어버렸을걸!"

모니카는 깔깔 웃었다.

타마야가 콕 집어 말했다.

"이제 너 전화 통화 별로 겁 안 내는 것 같네."

"맞아. 다 눈 덕분인 것 같아. 내 말은, 진흙이 아직도 땅속에 있다는 걸 알지만, 모든 것이 더 안전해 보이는 것 같아. 그리고 네가 거의 다 나아서 정말로 행복해!"

타마야는 단짝 친구의 목소리가 갈라지는 것을 느꼈다. 울고 있는 것 같았다. 타마야도 울기 시작했다. 둘은 이내 자신들이 울고 있다는 사실에 웃음을 터뜨렸다. 둘은 동시에 울다 웃다 하면서 전화로 좀 더 이야기를 나누었다.

12월 하순 어느 날, 담당 의사가 맥박을 재는 동안 타마야는 텔레비전을 보고 있었다. 텔레비전은 병실 구석 천장에 걸려 있었다. 타마야는 의사의 손길에 심장이 빨라지는 것을 느꼈다. 맥박이 잘못 측정되지 않기만을 바랐다.

프로그램 도중 펜실베이니아 주 히스클리프와 관련된 속보가 떴다. 의사는 타마야의 팔목을 놓고는 리모컨을 집어 들었다. 그리고 소리를 키웠다.

우드리지 사립 학교 뒤편 숲 언저리에 한 남자가 서 있었다. 그는 기자들에게 둘러싸여 있었다. 화면 아래를 가로지르는 자막에 질병통제예방센터 부센터장 피터 스미드 박사라고 쓰여 있었다. 타마야는 자기 학교에서 일어나고 있는 일을 티브이로 보고 있자니 묘한 기분이 들었다. 병원 창밖에서 눈이 내리고 있었고, 티브이에 나오는 남자 위로도 눈이 내리는 것이 보였다. 타마야는 그 사람이 의사보다는 벌목꾼 같아 보인다고 생각했다. 수염을 텁수룩하게 기르고 삽을 들고 있는 모습이었다.

피터 스미드 박사는 눈 속으로 삽질을 하고는 맨손을 집어넣어 쩐득거리는 까만 덩어리를 꺼냈다.

"솜털 진흙입니다."

스미드 박사의 수염에는 얼음 알갱이가 달라붙어 있었고, 말을 할 때마다 입김이 보였다.

"지금 제 손에는 이른바 프랑켄세균이라고 불리는 미생물이 10억 마리 이상 있습니다."

타마야는 그가 전에 자신이 그랬던 것과 똑같이 진흙을 쥐고 있는 모습을 보자, 다시금 온몸이 따끔거리는 것 같았다.

"그리고 저는 기쁜 마음으로, 이 미생물이 모두, 마지막 한 마리까지 죽었다는 것을 알려 드립니다. 이 미생물은 어느점 이하의 온도에서는 생존할 수 없습니다."

타마야와 의사는 서로의 얼굴을 쳐다보았다.

'저게 정말로 사실일까?'

몇몇 기자들이 박수를 쳤고, 타마야의 귀에 병원의 다른 병실에서 터져 나오는 환호성이 들렸다.

한 기자가 물었다.

"그럼 위기 상황은 끝난 것입니까?"

스미드 박사가 답변을 하기도 전에 화면 아래 자막에는 '위기 상황 종료! 프랑켄세균 전멸!'이라는 문구가 떴다.

타마야는 사람들이 어떻게 끝난 걸 확신할 수 있는지 의아했다. 프랑켄세균이 곰처럼 겨울잠을 잘 수도 있을 텐데.

"미생물들이 단순히 휴면 상태로 있는 게 아니라는 것을 어떻게 알지요? 날씨가 따뜻해지면 미생물들이 다시 깨어나지 않으리라는 것을 어떻게 확신합니까?"

한 기자가 마치 타마야의 생각을 전하고 있는 것처럼 질문했다.

"실험실에서 확인을 했습니다. 제가 직접 현미경을 통해 세포막이 해체된 것을 봤습니다. 제가 장담합니다. 녀석들은 결코 다시 깨어나지 않습니다."

여전히 타마야는 궁금한 점이 있었다. 모두 죽었다는 것을 어떻게 알까? 저 눈 아래 어딘가에 여전히 살아 있는 미생물들이 있을 수도 있지 않은가?

스미드 박사가 말했다.

"물론 질병통제예방센터에서는 계속 상황을 지켜볼 것입니다. 지극히 희박하지만, 또 다른 돌연변이가 일어날 수도 있습니다. 어딘가에 어느점 아래의 추위에도 살아남을 수 있는 변종 에르고님이 있을 수 있겠지요. 눈이 녹으면 더 많은 것을 알 수 있을 것입니다."

$$2 \times 1 = 2$$

37

12월 30일 목요일

격리 조치가 해제되었다.

국립보건원 주관으로 크럼블리 박사의 치료제가 대량 생산되었다. 이 약은 딜위디 물집성 발진 — 이것이 그 특정한 질병에 대한 공식 명칭이 되었다 — 에 감염된 6만 이상의 사람과 동물들을 성공적으로 치료했다. 의학 서적들은 타마야 딜위디의 치료 전과 치료 후 피부를 비교한 사진을 새로 실어 업데이트되었다.

퇴원을 하고 나서 이 주 뒤, 타마야와 마셜은 다시 병원에 갔다. 이번에는 방문객으로 간 것이었다. 타마야는 담당 의사와 간호사들에게 뒤늦게나마 크리스마스 선물로 주려고 집에서 만든 딸기 잼을 가져갔다. 마셜은 플라스틱 통을 하나 들고 갔다.

타마야는 여전히 안경을 쓰고 있었지만, 모니카가 크리스마스 선물로 준 새 안경이었다. 안경테가 반투명한 형광 녹색이었다. 모니카는 타마야에게 안경이 '트레 시크'하다고 말했다. 프랑스 말로 '아주 멋지다'라는 뜻이다.

타마야의 머리는 다시 자라기 시작했다. 타마야는 스스로 '솜털 머리'라고 부르는 머리를 가리기 위해 분홍색 모자를 썼다. 손과 팔에 흉터가 조금 있었지만, 의사는 서서히 없어질 것이라고 했다. 얼굴에는 군데군데 얽은 자국이 있었지만, 타마야의 친구 서머는 그것 때문에 더 예뻐 보인다고 했다.

"여자가 완벽하기 위해서는 완벽하지 않은 구석이 있어야 해."

서머는 타마야에게 그렇게 말했다.

타마야에게는 모순 어법처럼 들렸지만, 어쨌든 기분 좋은 말이었다.

타마야에게 딸기 잼을 받고 나서 론다도 타마야에게 줄 것이 있다고 했다.

그러고는 납작한 상자 하나를 건넸다. 타마야가 열어 보니, 새 교복 스웨터가 들어 있었다.

"어떻게 알았어요?"

타마야는 론다에게 스웨터 얘기를 한 기억이 없었다.

"왜 이걸 사셨어요? 엄청 비싼데."

론다가 설명을 했다.

"내가 주는 게 아니야. 어제 네 앞으로 이 상자가 도착했어. 어떻게 너한테 전할지 고민하던 참이었지."

타마야는 작은 카드 하나를 발견했다. 카드에는 '선행과 용기가 비범한 소녀에게'라고 쓰여 있었다. 그리고 '너의 친구, 피치'라는 서명이 있었다.

"피치가 누구야?"

마셜이 타마야의 어깨 너머로 카드를 읽고는 물었다.

타마야가 얼떨떨한 채로 대답했다.

"꿈에서 본 줄 알았는데. 피아노를 갖고 싶다고 안 한 게 천만다행이네!"

"뭐라고?"

채드 힐리거스는 아직도 병원에 있는 몇 안 되는 환자 가운데 한 명이었다. 얼굴 피부가 무척 심하게 손상되었기 때문에, 평소에 심한 화상을 입은 환자들을 위해 마련된 병동에 있었다.

타마야가 노크를 하자 문이 열렸다.

"안녕?"

타마야가 병실 안으로 들어가면서 인사했다. 마셜은 함께 오지 않았다.

가는 세로 줄무늬가 있는 초록색 환자복을 입고 채드가 침대에 앉으려고 몸을 일으키고 있었다. 창으로 한 줄기 햇빛이 쏟아져 들어와 환한 먼지 줄기를 만들어 내면서 심하게 흉터가 남은 채드의 얼굴까지도 눈부시게 비추었다. 채드는 병원에서 지급한 까만 테 안경을 쓰고 있었다.

안경을 보니 타마야는 기뻤다. 만약 눈이 멀었다면, 안경이 필요 없을 테니까.

"타마야!"

타마야는 자신이 저지른 짓 때문에 채드가 자기를 다시 미워하지 않을까 두려웠지만, 채드는 타마야를 보고 기뻐하는 것 같았다.

"안녕, 채드 오빠."

타마야는 스웨터 상자를 내려놓고는 두 손을 청바지 주머니에 찔러 넣었다.

"어떻게 지내?"

채드가 얼굴을 거의 움직이지 않고 말했다.

"나는 입을 너무 많이 움직이면 안 돼. 내 몸에서 피부를 떼어서 얼굴에 이식해야 한대."

"오빠는 예전이나 지금이나 똑같은데 뭐."

타마야는 태연한 척 말했다.

"그냥 볼기짝낯짝이라고 불러."

타마야는 화들짝 놀랐다.

"그러니까 오빠 말은, 의사들이……."

타마야는 손으로 입을 막았다.

"적어도 오빠는 그게 재미있다고 생각하잖아. 막 화내고 그러지 않고."

"나는 어떤 것에도 화내지 않아. 눈이 다시 보인 뒤로는 세상이 예전보다 훨씬 좋아 보여."

타마야는 맞장구를 쳤다.

"무슨 말인지 알겠어. 모든 것이 아름답지."

"계속되면 좋겠어."

"나도."

타마야는 채드의 말이 세상이 계속 존재하면 좋겠다는 뜻인지, 아니면 세상이 계속 아름답게 보이면 좋겠다는 뜻인지 알쏭달쏭했다. 어느 쪽이든 간에 타마야는 채드와 같은 생각이었다.

문이 활짝 열리면서 병실 안으로 들어오는 마셜의 등이 보였다. 마셜이 뒤로 돌았을 때, 손에 들고 있는 라자냐 세 접시가 놓인 쟁반이 보였다.

"간호사들이 나한테 전자레인지를 써도 좋다고 했어."

"생일 축하해!"

타마야가 외쳤다.

채드는 아무 말도 하지 않았다. 음식을 물끄러미 보더니, 마셜과 타마야를 차례로 보고 다시 마셜을 보았다.

"채드 오빠는 말을 하면 안 돼."

타마야가 마셜에게 말하고는 조용히 속삭였다.

"엉덩이 살을 얼굴로 이식한대."

채드는 이불을 걷고 천천히 침대에서 내려왔다. 그리고 마셜에게 다가갔다. 마셜은 쟁반을 내려놓고는 초조하게 뒷걸음쳤다.

한동안 온통 프랑켄세균에 대한 이야기를 해서였는지도 모르겠다. 얼굴은 흉터로 뻣뻣해지고 팔은 앞으로 쭉 뻗은 모습을 보니, 채드가 괴물 프랑켄슈타인과 살짝 비슷해 보인다고 타마야는 생각했다.

마셜은 벽에 등을 기댔다. 채드는 마셜의 어깨를 움켜잡고 앞으로 당기더니 마셜을 확 안았다.

"고마워, 이 자식아."

마셜은 몸을 비틀어 채드에게서 빠져나왔다.

"타마야의 아이디어야."

타마야는 마셜이 어색해하는 모습을 보고 웃었다. 남자들은 왜 그렇게 껴안는 것에 대해 유난을 떠나 싶었다. 하지만 다음 순간, 채드의 눈길이 타마야에게 꽂히자, 타마야는 심장이 멎는 줄 알았다. 채드는 두 팔을 활짝 벌리고는 전에 타마야에게 했던 말과 똑같은 세 마디를 했다.

"다음은 너야, 타마야."

38

용기, 겸손, 품위

다음 증언은 히스클리프 참사 청문회 기록에서 발췌한 것이다.

홀팅스 상원 의원　그러니까 채드를 찾아 숲으로 다시 갔을 때, 진흙을 더 많이 봤지?

타마야 딜워디　네. 사방에서 보였어요! 하지만 처음 간 날에 솜털 진흙이 더 많이 있었을 수도 있어요. 그때는 그걸 찾으려고 하지 않았으니까요.

라이트 상원 의원　타마야, 마이크에 바짝 대고 말해 줄래? 잘 안 들리니까.

타마야 딜워디　죄송합니다. 그러니까 처음에 숲으로 갔을 때, 솜털 진흙에 대해 알지 못했고, 그래서 그것을 찾아보지 않았습니다. 숲에서 나가고 싶다는 생각밖에 안 했거든요.

홀팅스 상원 의원 숲 속에 들어가는 것이 규칙을 어기는 일이라서?

타마야 딜워디 하지만 저는 혼자 집으로 걸어가는 것도 금지되어 있었습니다.

홀팅스 상원 의원 홉슨의 선택이군.

타마야 딜워디 그게 뭔지 모르겠어요.

홀팅스 상원 의원 홉슨의 선택. 둘 중에 하나를 선택해야 하는데, 둘 다 나쁜 경우가 홉슨의 선택이란다.

타마야 딜워디 네. 둘 다 나빴어요.

라이트 상원 의원 음, 타마야, 위원회를 대표해 우리는 네가 마셜을 따라 숲에 가는 선택을 해서 무척 기쁘게 생각해. 어쩌면 너희 둘이 세상을 구한 것일 수도 있어.

타마야 딜워디 하지만 사람들이 모두 저 때문에 발진이 났잖아요.

라이트 상원 의원 아니야. 과학자들이 우리에게 알려 준 것들을 모두 고려해 보면, 그 일은 어떤 식으로든 일어나게 되어 있었어. 어쩌면 일주일이나 이 주일 뒤에 일어났겠지. 그리고 그때가 되면 그것의 확산을 억제하기에는 너무 늦었을 거야.

홀팅스 상원 의원 격리 조치가 제대로 되지 않았을 거야. 누군가 솜털 진흙을 밟은 다음 비행기를 타고 로스앤젤레스나 파리나 홍콩으로 날아갈 수도 있었어. 기온이 영하로 내려가지 않는 지역에서 세계적인 전염병으로 확산됐을 거야.

라이트 상원 의원 고맙구나, 마셜 그리고 채드. 우리 나라가 조기 경보를 받은 셈이었어.

훌팅스 상원 의원   너는 아주 용감한 아이야, 타마야.

타마야 딜워디   저는 용감하지 않았어요. 겁을 먹었어요. 마셜 오빠가 용

감했어요.

푸트 상원 의원   그래 네 이름을 딴 질병이 있으니 기분이 어떠니?

타마야 딜워디   크나큰 영광……이라고 해야겠죠?

에필로그

몇십만 년 동안 인간은 바이올렌이 없는 세상에서 살았다. 휘발유도, 원자력 발전소도, 전등도 없었다. 물은 깨끗했고, 밤하늘은 수많은 별로 반짝였다.

또한 세계에는 지금보다 적은 수의 사람들이 있었다.

천 년 전에는 총 3억 명의 사람들이 지구에 살았을 것으로 추정된다. 세계 인구가 10억 명에 도달한 것은 1800년대 초반이다. 하지만 1950년대에는 숫자가 두 배 이상으로 늘었다. 1951년에는 25억 명 이상의 사람들이 지구에 살았다.

1990년대에 세계 인구는 다시 두 배가 되었다. 그리고 2011년에는 매일매일 먹고 마시고 차를 몰고 화장실을 쓰는 사람들이 70억

명을 넘긴 것으로 보고되었다.

$$2 \times 7{,}000{,}000{,}000 = 14{,}000{,}000{,}000$$
$$2 \times 14{,}000{,}000{,}000 =$$

이것이 바로 히스클리프 참사 후에도 상원 에너지환경위원회가 만장일치로 바이올렌의 계속 생산 찬성을 표결한 이유이다. 위원회에는 홉슨의 선택이 주어졌다. 세계적인 규모의 참사와 깨끗하고 저렴한 비용이 드는 에너지원을 포기하는 것 사이의 선택. 의원들은 참사 가능성이 극도로 낮다고 결론 내렸다.

아니, 그렇게 희망했다.

조너선 피츠먼은 새로운 안전 조치들을 취할 것이라고 위원회 의원들을 안심시켰다. 그중에 하나는 산소에 견디는 에르고님이 없는지 검사하기 위해 저장 탱크에서 매일 샘플을 채취하는 것이다. 만약 단 하나라도 그런 에르기가 발견되면, 탱크 속에 있는 '작은 친구들'은 모두 폐기될 것이다.

머지않아 바이올렌을 연료로 쓰는 승용차와 트럭이 고속 도로를 메울 것이다. 선레이 농장은 미시건 주와 아이다호 주, 뉴멕시코 주에 새 농장을 세울 계획이다. 모두 겨울이 춥고 초목이 적은 지역들이었다. 과학자들은 프랑켄세균이 숲에 있는 유기체들 때문에 그렇게 창궐할 수 있었다고 결론지었다. 에르기들은 막 떨어진 낙엽을 특히 좋아했다.

워싱턴 시에서 돌아오고 나서 일주일 뒤에도 타마야는 청문회 경험에서 느꼈던 흥분이 가시지 않았다. 누구나 타마야가 얼마나 잘했는지에 대해 말했고, 타마야의 성숙함과 침착함을 칭찬했다. 모니카는 자꾸만 타마야에게 유명인이라고 했다.

숲으로 다시 가는 것은 무서웠다. 채드의 나무에 오르는 것도 무서웠다. 특히 투박한 눈 장화를 신고 두툼한 장갑을 낀 상태라 더욱더 무서웠다. 타마야 앞에 있는 채드와, 바로 뒤에 있는 마셜 둘 다 타마야에게 절대로 떨어지게 하지 않겠다고 약속했다. 타마야는 감히 아래를 내려다볼 엄두가 나지 않았다.

추운 날씨에 나무를 타는 데다 고소 공포증까지 더해 타마야는 턱까지 숨이 찼다. 하지만 채드가 널빤지를 박아 놓은 꼭대기에 다다랐을 때에는 가슴이 벅찼다.

채드가 활짝 웃으며 물었다.

"엄청 멋지지 않냐?"

마셜이 맞장구쳤다.

"죽인다!"

타마야는 나무에 꼭 붙은 채로 얼어붙은 삼림 지대를 휘둘러보았다. 세상이 정말 아름다웠다. 타마야는 세상이 이 상태로 계속되기를 바랐다. 눈이 녹은 후에도.

풍선 부는 법

타마야 딜워디
히스클리프 종합 병원 308호
12월 9일 (늦은 제출)

1. 풍선이 납작한 상태에서 시작한다.(풍선 색깔은 상관없다.) 폐에서 나온 공기로 풍선을 가득 채울 것이다.

2. 풍선 입구를 찾는다. 그곳에 손가락을 집어넣으면, 손가락이 풍선 속으로 들어간다. 하지만 지금 그곳에 손가락을 집어넣어서는 안 된다!

3. 풍선 입구를 입 안에 넣는다. 입술을 입구에 꼭 붙여야 한다. 그래야 불 때, 폐에서 나온 공기가 옆으로 새지 않고 모두 풍선 속으로 들어간다.

4. 풍선 입구를 엄지손가락과 집게손가락으로 잡는다. 공기가 안으로 들어갈 수 있도록 가만히 잡아야 하지만 풍선이 움직이지 않을 정도로는 손가락에 힘을 줘야 한다.

5. 공기를 불어 넣는다.

6. 풍선이 빵빵해질 때까지 5번 과정을 반복한다.

7. 공기를 불어 넣는 동안 숨을 들이마셔야 할 때가 있을 것이다. 숨을 마실 때는 풍선 속 공기가 빠져나가지 못하도록 풍선을 잡은 손가락에 꼭 힘을 준다.

8. 공기를 다 넣었으면 풍선을 묶어야 한다. 이것이 가장 어려운 부분이다! 공기가 빠져나가지 않게 엄지손가락과 집게손가락으로 풍선 입구를 붙잡는다. 풍선 입구에 공기가 채워지지 않고 대롱대롱 남아 있는 부분이 있을 것이다. 그 부분을 길게 잡아당겨 집게손가락에 한 바퀴 두른다. 입구 끝부분을 손가락과 빙 두른 부분 사이로 집어넣고 매듭을 지어 묶는다.

9. 손가락을 뺀다. 짠, 풍선 불기 끝!

옮긴이의 말

이 책을 쓴 루이스 새커(Louis Sachar)는 미국 어린이·청소년 문학계에서 가장 인기 있는 작가 가운데 한 명이다. 1999년에 어린이 책의 최고 영예인 뉴베리 상을 받은 『구덩이』(창비청소년문학 2)를 비롯해 여러 작품이 전 세계에서 꾸준히 독자들의 사랑을 받고 있다.

루이스 새커는 날카로우면서도 따스한 유머를 비롯해 여러 매력을 지닌 작가지만, 여기서는 특히 다음 두 가지를 강조하고 싶다. 먼저, 어린이와 청소년에게 무척 어렵고 심각할 것 같은 소재로 흥미진진하게 읽을 수 있는 이야기로 만드는 데 뛰어나다. 둘째, 겉으로 보기에 서로 상관이 없을 것 같은 사건들을 기발하게 엮어 현실감 있는 이야기를 꾸미는 데 탁월하다.

『구덩이』에서는 유명한 야구 선수의 신발을 훔친 소년과 여인의 사랑을 받는 데 실패하고 고향을 떠나는 청년, 그리고 인종 차별이 심하던 시대에 흑인 양파 장수를 사랑한 백인 여선생 이야기를 퍼즐 조각을 맞추듯이 정교하게 엮는다. 『작은 발걸음』(창비청소년문학 35)에서는 전과자 흑인 소년과 아이돌 스타 소녀라는 전혀 어울릴 것 같지 않은 두 인물을 주인공으로 내세워 둘 사이의 흥미로운 관계를 통해 인종 문제와 청소년 범죄와 같은 묵직한 주제를 다룬다. 심지어 아이 서른 명이 주인공인 『웨이싸이드 학교 별난 아이들』(창비아동문고 223)도 얼핏 난삽해 보였던 에피소드 서른 개가 마지막 책장을 덮고 나면 학교와 사회의 편견과 부조리를 유쾌하게 비판하는 하나의 통일된 멋진 이야기로 느껴진다.

『수상한 진흙』은 이런 새커의 매력이 더할 나위 없이 잘 발휘된 작품이다. 이야기는 크게 두 축으로 이루어져 있다. 한 축은 학교에서 흔히 일어날 법한 일상적인 이야기이다. 모범생 타마야, 문제아 채드 그리고 채드에게 괴롭힘을 당하는 마셜 등 세 아이가 주인공이다. 5학년인 타마야는 지금껏 공부 잘하고 규칙 잘 지키고 선생님들 존경하고 친구들 배려하며 별 문제 없이 산 착한 아이다. 하지만 친구들에게 '범생이'라고 놀림받으면서 혼란을 겪는다. 7학년인 채드는 여러 학교에서 사고를 쳐 쫓겨났을 정도로 문제아다. 아이들은 채드를 무서워하면서도 우러러본다. 이런 채드의 눈 밖에 난 아이가 마셜이다. 마셜은 여태껏 학교 다니는 것을 좋아하고 모든 일에 열정을 보였다. 하지만 채드에게 괴롭힘을 당하기 시작하면서 하루하루가 불행과 수치의 연속일 뿐이다.

이야기의 다른 한 축은 선레이 농장이다. 이곳은 이름만 농장이지, 사실은 휘발유를 대신할 연료를 개발하는 연구소이다. 이곳에서 값싸고 친환경적인 연료를 개발하기 위해 유전자 조작을 통해 '에르고님'이라는 미생물이 만들어진다. 이 인공 미생물은 청정에너지라는 '바이올렌'의 원료로 쓰인다. 하지만 인류에게 큰 희망이 되리라 기대했던 에르고님이 전염병을 일으키는 큰 재앙이 닥친다.

『수상한 진흙』은 이처럼 전혀 어울릴 것 같지 않은 두 가지 이야기가 엮여 있다. 우리 주변에서도 어렵지 않게 볼 수 있는 평범한 아이들이 유전자 조작, 바이오 연료, 청정에너지 등이 관련된 심각한 사건에 휘말리게 된다. 과연 어떤 일이 벌어질까? 독자 여러분은 기대해도 좋다. 이런 이야기를 기발하고 흥미진진하게 엮는 것이야말로 루이스 새커의 특기니까.

루이스 새커의 여러 작품을 관통하는 주제는 어린이와 청소년의 모험과 성장이다. 저마다 어떤 문제를 가지고 있는 아이들이 모험에 나서게 되고, 그 모험을 통해 관용, 청결, 용기, 공감, 품위, 겸손, 정직, 인내, 신중, 절제 등과 같은 덕목을 배우게 된다.(이 덕목은 이 책의 세 주인공이 다니는 사립 학교에서 특별히 강조하는 것들이다.) 그리고 우정과 사랑의 가치에 대해 깨달으며 성장한다. 착하고 여리기만 했던 타마야는 문제의 해결사가 된다. 세상을 삐딱하게 바라보며 친구를 괴롭히던 채드는 밝고 긍정적인 가치관에 눈을 뜬다. 겁이 많던 마셜은 용감무쌍하게 나서 친구들을 돕는다. 그리고 전혀 어울릴 것 같지 않던 세 아이는 결국 가까운 친구 사이가 된다.

『수상한 진흙』은 그리 길지 않은 소설이지만, '21세기의 판도라 상자'라고 부를 수 있을 만큼 여러 심각한 문제들을 제시하고 있다. 인구 문제, 에너지 위기, 생명 공학, 전염병, 환경 오염, 과학자의 윤리, 두 개의 악 가운데 하나를 선택해야 하는 '홉슨의 선택' 등 다양한 문제가 우리 주변을 맴돌고 있는 모습이 그려진다. 대체 연료 개발이 인류에게 커다란 재앙이 될 뻔한 사건을 아이들이 해결하는 이야기를 통해 루이스 새커는 판도라의 상자 속에 남게 된 희망은 바로 미래의 주인공인 아이들이라는 메시지를 전하고 싶었는지도 모르겠다.

루이스 새커의 작품을 읽는 즐거움 가운데 하나는 상투적이지 않은 인물 설정과 사회의 고정 관념을 뒤집는 서술이다. 모범생인 타마야의 가족은 이른바 '결손 가정'이다. 반면에 문제아인 채드의 가족은 부모와 여러 형제가 있는 가정이다. 새커 특유의 '편견 뒤집기'를 볼 수 있는 이러한 설정은『수상한 진흙』의 숨은 재미다.

2015년 가을
김영선

창비청소년문학 71

수상한 진흙

초판 1쇄 발행 • 2015년 11월 13일
초판 26쇄 발행 • 2023년 5월 16일

지은이 • 루이스 새커
옮긴이 • 김영선
펴낸이 • 강일우
책임편집 • 조형희 이지영
조판 • 신혜원
펴낸곳 • (주)창비
등록 • 1986년 8월 5일 제85호
주소 • 10881 경기도 파주시 회동길 184
전화 • 031-955-3333
팩시밀리 • 영업 031-955-3399 편집 031-955-3400
홈페이지 • www.changbi.com
전자우편 • ya@changbi.com

한국어판 ⓒ (주)창비 2015
ISBN 978-89-364-5671-9 43840